長編小説

いろめき引越し便

橘 真児

竹書房文庫

目次

第一章　二度目の初体験　5
第二章　隣に聞かせる喘ぎ声　74
第三章　夜逃げのお返しに　136
第四章　愛しの先輩、故郷に還る　199

※この作品は竹書房文庫のために
書き下ろされたものです。

第一章　二度目の初体験

1

キャンパスは若い活力が漲《みなぎ》っていた。

(なんて思うのは、もう年だってことかな?)

とは言え、中野圭介《なかのけいすけ》はまだ二十六歳である。年寄りくさくなるような年齢ではない。連れ立って歩く女子学生のグループがやけに眩《まぶ》しいのは、単に女っ気がない生活を送っているからだ。

二十三区のはずれにあるこの大学は、圭介の母校である。卒業して四年が経っても、懐かしさは感じない。実家からほど近く、しょっちゅう前を通っているからだ。訪れることもたびたびあった。

べつに、学生のフリをして入り浸っているわけではない。あくまでも仕事で来ているのである。

圭介の実家は、運送業を営んでいる。その名も「ナカノ運送」。大手の下請けが主な仕事で、数台の専用車やトラックを所有し、ドライバーも雇っていた。

ネットショッピングが一般的となり、宅配の需要が急増する昨今。けれど、実家は下請けゆえ、実入りは多くない。父親は自分の代で店を畳むつもりでいたし、圭介も一般企業に就職した。

ところが、一年前にその会社が倒産。再就職もままならず、彼はとりあえず家業を手伝うことにした。すると、その直後から商売が厳しくなった。

需要が多い業種には、新規参入者が現れる。ナカノ運送の周りでも、新たに運送業を始めるところが出てきた。そうなると競争原理が働いて、仕事の取り合いとなる。

これまでの実績で、一定数の依頼はある。とは言え、下請けというのは、他が少しでも安いと見なされれば、簡単に切られる恐れがあるのだ。

そんな実情を目の当たりにして、圭介はなんとかしなければと思った。再就職までの腰掛けのつもりだったが、その前に潰れてしまっては元も子もない。

かくして始めたのが、引越し屋だったのである。

引越しは専門の会社がいくつもあるし、大手の宅配業者も、単身向けのパックを提供している。競争相手が多いことに変わりはない。

そこで、お客が気軽に依頼できるよう、簡素なサービスに徹することにした。請け負うのは主に単身の、荷物が少ない引越しだ。

当日、こちらは小型トラックとドライバーのみでお宅に伺う。荷造りは依頼者が事前にしておき、積み込みも依頼者とドライバーで行なう。積み終わったら、ふたりで引越し先へ向かい、荷物を下ろして終了となる。

要は、トラックと運転手を提供し、荷物の積み卸しを手伝うというシンプルなやり方だ。荷物はトラックの積載量以内なら、料金は一律。あとは引越し先への走行距離で金額が変わる。

余分な人件費がかからないので、他社と比べても費用が安い。私生活に踏み込まれたくないなど、必要な作業はなるべく自分でやりたいひとにも向いていた。

このアイディアは、所有しているのに出番がない小型トラックが家にあり、有効な利用方法はないかと考えて閃《ひらめ》いた。また、周りにはアパートや賃貸マンションが多く、ひとの出入りがけっこうある。需要も期待できるのではないかと踏んだのだ。

圭介の予想は、見事に当たった。近隣のアパートやマンションにチラシを配った翌日に、早くも問い合わせがあったのである。今では週に二、三件ほどの引越しをこなす他、不要な家具を余所《よそ》に譲るなどの、ちょっとした運搬にも重宝されている。

依頼を請け負っているのはナカノ運送だが、実際に携わるのは圭介ひとりである。言い出しっぺということもあるし、作業的にも適任だったからだ。

彼は身長が一八〇センチを超えており、体格もがっしりしている。運動は苦手だが、力仕事は得意だった。

顔は父親譲りで、どちらかと言えば強面《こわもて》のほうだろう。しかし、性格はいたって気弱である。運動が苦手なのも、他と競うのを好まないためだ。

でかいからだで頼りがいがあると思ってもらえる反面、若い女性のお客には、見た目で怖《お》じ気づかれることがあった。これはもう、痛し痒《かゆ》しである。

ともあれ、口コミでも評判が伝わったようで、依頼は順調だ。だが、それに甘んじてはならない。圭介は倒産、失業の憂《う》き目に遭《あ》っているため、転ばぬ先の杖が必要だと思い知っていた。

そのため、営業をすることにした。

母校たる大学の、管理棟に入る。荷物の搬入や集荷で何度も訪れていたから、知っている人間は多い。

圭介が向かった先は厚生課だ。学割など証明書の発行や、奨学金、福利厚生を担当する部署である。アルバイトや住まいの紹介、斡旋もしている。

「こんにちは」

窓口で声をかけると、近くにいた職員が振り返り、応対してくれる。

「あら、中野君。配達かしら？」

彼女の名前は堺《さかい》初美《はつみ》。圭介とは顔見知りで、彼がここの卒業生なのも知っていた。

「いえ、ちょっとお願いがありまして」

圭介は自作のチラシを彼女に見せた。

「ウチのナカノ運送で引越しも手がけてるんですけど、これを置かせていただけないでしょうか」

「あら、そうなの？　どれどれ」

初美は価格表を確認し、「あら、安いのね」と目を丸くした。

「荷造りはセルフサービスですし、こっちは車と手伝いをひとり出すだけなので、費用が抑えられるんです」

「なるほど、これなら学生も頼みやすいわね。まあ、今はシーズンでもないし、お客がいるかどうかはわからないけど」

「まあ、そうですね」

彼女と言葉を交わしながら、圭介は胸の高鳴りを懸命に抑えていた。

初美の左手薬指には指輪が嵌《は》まっている。つまり人妻だ。圭介が在学中にも彼女は厚生課にいて、そのときはまだ独身だった。

厚生課の窓口に美人がいると、圭介は入学したときから先輩や同級生に聞かされていた。用があって訪れたとき、ああこのひとだとすぐにわかったぐらい、彼女は抜きん出て綺麗だった。

一目で心を奪われても、一学生の分際で、アプローチなどできるはずがない。まして、異性との交際経験のなかった圭介は、ボーッと見とれるのが関の山だった。

それが同じ社会人となり、高嶺《たかね》の花だった彼女とも、対等に会話ができる立場になれた。圭介がここの卒業生だとわかると打ち解けて、ついこのあいだも会話の中で、二年前に三十歳で結婚したと教えてくれた。

つまり、今は三十二歳。若々しさの中にも、人妻の色気が垣間見られる。

すでに他の男のものになっていても、魅力的な異性と話せるのは、単純に嬉しい。とは言え、学生時代と変わらぬ内気な性格ゆえ、とても軽口など叩けない。未だに彼女の前ではドキドキする。

　まあ、初美に限らず、身内以外の女性の前では、だいたいそんな感じである。今に至るまで恋人がいないせいだ。

　しかしながら、童貞ではない。大学時代、サークルの先輩からホテルに誘われ、初体験を遂げたはずなのだ。

　はずなのだ、というのは、その日はコンパでしこたま飲み、酔って記憶をなくしていたからである。だが、いい年をしてチェリーというのも恥ずかしいので、あのとき、きっちり童貞を卒業したことにしている。

　ただ、女性に慣れていないのは事実。男らしいのは体格だけだ。

「じゃあ、これ、置かせていただいてもいいですか？」

　確認すると、初美は「ええ」とうなずいた。

「中野君なら信用できるし、なんてったってウチの卒業生なんだものね。後輩のためにも頑張ってちょうだい」

「ありがとうございます」

「そこのテーブルに置いていいわよ」

　厚生課の窓口の向かいに、長机が置いてある。学生向けのアルバイトや物件紹介など、チラシが何種類も平積みで並べてあった。

「ありがとうございます。そうさせていただきます」

　圭介はなるべく目立つところに、引越し請負のチラシを置いた。

（これでよしと）

　さて、帰ろうかと踵《きびす》を返したところで、

「あの、すみません」

　声をかけられ、ドキッとする。女性の声だったから、初美に呼び止められたのかと思ったのだ。

　けれど、振り返って目が合ったのは、学生らしき女の子であった。その手には、圭介が置いたばかりのチラシがある。

「この引越し屋さんって、お兄さんがやってるんですか？」

「ああ……うん、そうだけど」

　年下相手にどぎまぎする。初対面で「お兄さん」なんて呼ばれたのに加え、彼女が目のぱっちりした、なかなか愛らしい子だったためだ。

　ただ、見た感じ、今どきの女子大生っぽくない。簡素なシャツにジーンズと、お洒《しゃ》落《れ》とは縁遠い装いだ、ノーメイクで、髪も染めていなかった。

「引越しの予定があるのかい？」

わざわざ声をかけてきたのだから、きっとそうだろう。チラシを置いてすぐだったし、初美との会話を近くで聞いていたのかもしれない。

「はい。そうなんですけど」

彼女は迷うような面持ちを見せ、上目づかいでこちらを見つめてきた。

(そっか……そういうことか)

圭介は彼女の内心を察し、やれやれと思った。

引越しを頼みたいけれど、こんな図体がでかくて人相の悪い男では、何かされるのではないかと不安なのだろう。配達の仕事でも、お届け先が女性の場合、対面するなりギョッとされたことは一度や二度ではなかった。

だからと言って、他の社員に任せるわけにはいかない。父親からも、お前が責任を持ってやるようにと厳命されていた。

せっかくのお客を、みすみす取り逃がすことになりそうだ。落胆しかけた圭介であったが、女子学生がつかつかと接近してきたものだから、ちょっと焦る。

「あの、お願いがあるんですけど」

「え？」

「ここに書かれているお値段、もう少し安くなりませんか？」

いきなりの値下げ交渉に、目が点になる。費用をかなり抑えたから、他と比べてもけっこう安いはずなのに。

「もう少しって、どれくらい？」

訊ねると、間髪を容れず、

「できれば二割、いえ、一割でもいいんです」

縋《すが》る眼差《まなざ》しでお願いされ、圭介は気圧《けお》されるのを感じた。是非ともそうしてもらいたいという、熱意が伝わってきたのである。

(ひょっとして、お金に困っているのかも)

これが普通に今どきの学生だったら、浮いたお金をお小遣《こづか》いにしようとか、さもしい心根で交渉していると決めつけるところである。しかし、彼女は身なりも質素だし、何よりも目が真剣だった。

さりとて、言われてすぐさま値下げに応じるのもためらわれる。迷っていると、

「あら、浅谷《あさたに》さん」

カウンターのほうから呼びかけられる。初美が顔を出していた。

「あ、どうも」

振り返った女子学生が、ぺこりと頭を下げる。浅谷は彼女の名前らしい。

「ひょっとして、引越すの？」

「はい。新しいところが決まりましたので」

「そう。よかったわ」

などと、気安げに言葉を交わしているから、知った間柄のようだ。

「ねえ、中野君。引越しの費用、おまけしてあげて」

初美に頼まれ、圭介は目が点になった。

「え、おまけ？」

「この子、浅谷奈央《なお》さんっていうんだけど、苦学生なのよ。四年生で、就活や卒論で忙しいのに、バイトを掛け持ちしてるのよ」

そんなことまで知っているのだから、厚生課でアルバイトを紹介したのかもしれない。あるいは奨学生か、学費免除の手続きをしたのだとか。

四年生なら、二十一、二歳であろう。年齢のわりにしっかりしているふうに映るのは、苦労の現れなのか。

ともあれ、初美に頼まれたのは有り難かった。値下げをしてあげる口実ができたからである。

「いいでしょ？　可愛い後輩のためなんだから」

「まあ、堺さんがそこまで言うのなら考えます」

もったいつけると、奈央の表情がパアッと明るくなる。

「ありがとうございますっ！」

礼を述べた笑顔がとてもキュートで、圭介は図らずもときめいた。


引越し荷物の確認のため、さっそく奈央の住まいを訪れる。大学から歩いて三十分ほどだというので、圭介は彼女を車に乗せ、案内してもらった。引越しの時にも使う小型トラックで。

「いつも歩いて通学してるの？」

訊ねると、助手席の奈央は「はい」と返事をした。

「前は自転車に乗ってたんです。でも、壊れちゃったので、今は歩きです」

「え、壊れたって？」

「中古を譲ってもらったんですけど、そのときからけっこうガタが来てたのが、いよいよ寿命が尽きちゃったみたいで」

「修理できなかったんだ」

「走っているときにハンドルがすっぽ抜けて、止まろうとしたら車輪もはずれちゃったんで、さすがに無理でした」

昔の喜劇映画かコントにありそうな壊れ方だ。仮に修理したところで、また同じことが起こるだろう。

だったら新しいのを買えばと言いかけて、圭介は口をつぐんだ。そんな余裕があるのなら、オンボロ自転車を後生大事に乗り続けまい。

「怪我はしなかったの？」

「ちょっと擦りむいたぐらいです。ツバをつければ治るぐらいの」

比喩《ひゆ》ではなく、本当に唾《つば》をつけただけで終わらせたのではないか。薬を使うなんてもったいないと。

そんなやりとりのあとだったから、奈央のアパートに着いたとき、それほど驚かずに済んだ。きっと家賃が安いだけの、築年数の経ったところだと予想したのだ。

まあ、予想した以上に古かったのは確かだが。

（ここか……）

昭和の雰囲気を色濃く残す、二階建ての木造アパート。外壁のトタンが錆《さ》びきって、ところどころ穴も開いていた。

そこだけ過去にタイムスリップしたみたいな建物は、セキュリティーなど皆無に等しい。女の子が住むには危険ではないのか。

もっとも、こんなところに女子大生が住んでいるとは、誰も思うまい。目撃されたところで、古いアパートに若い女性の霊が出ると恐れられるのがオチだ。

「だいぶ年季の入ったアパートだね」

ボロいことを婉曲《えんきょく》に述べると、奈央は「そうですね」と同意した。

「でも、わたしは雨風がしのげればいいので、見た目は気にしないんです」

本当にしのげるのかいささか疑問だったものの、圭介は「なるほど」とうなずいた。そのあたりの潔さも、今どきの女の子とは思えない。

「何より家賃が安いので、わたしは気に入ってたんですけど」

「どうして引越すことにしたの？」

「ここ、取り壊しが決まったんです。新しく建て直すとかで」

大きな自然災害に遭ったら、崩壊は目に見えている。賢明な判断であろう。

「それで、同じぐらい安いところを探して、運よく見つかったんです」

「そっか。よかったね」

「はい」

彼女は笑顔を見せたものの、このボロアパートと同程度の家賃なら、古さも変わらないだろう。次のところも、近いうちに取り壊されるんじゃないかと心配になる。

「それじゃあ、荷物がどれぐらいあるのか、見せてもらえるかな」

「わかりました」

ふたりでアパートの外階段を上がる。鉄製のそれも、錆びていないところがないぐらいに赤茶けていた。

（あ――）

先導する奈央を何気に見あげた圭介は、胸を高鳴らせた。ほぼ目の高さにあったジーンズのヒップが、意外にボリュームがあったからである。

横にも後ろにも豊かに張り出し、整った丸みをこしらえる若い臀部《でんぶ》。それがぷりぷりとはずむ様は、エロチックなことこの上ない。

古いアパートに住む、地味な身なりの女子大生。愛らしいのは確かながら、性的な魅力はまったくと言っていいほど感じなかった。

そのため、不意打ちで見せられた魅惑のボトムに、心を鷲摑《わしづか》みにされたらしい。まだ若くても、そこは充分すぎるほど女であった。

残念ながら、眼福《がんぷく》の眺めを愉《たの》しめたのは、ほんの数秒であった。階段を上がってしまえば、身長差もあって彼女のおしりが遠くなる。圭介は大いにがっかりした。

(て、何を考えてるんだよ)

仕事中に不謹慎だと、気を引き締める。それでも、視線は浅ましく、奈央の下半身へ向けられた。

「この部屋です」

女子苦学生の部屋は、二階の端っこだった。合板の端が欠けたドアが開けられると、入ってすぐが狭いキッチンになっている。

(中はまあまあ綺麗だな)

古いのは確かながら、外観ほど朽ちた感じはない。流し台やガス台の板金も、曇ってこそいても錆はなかった。おそらく、奈央がしっかり磨いたのであろう。

そこにあるのは冷蔵庫と食器棚だ。どちらも小さい。

「これとこれは持っていくの？」

「はい」

「ガスコンロは？」

「それは置いていきます。もともと前の住人の方が残していったもので、プロパン用だから引越し先では使えないんです」

キッチンを抜けた奥は、六畳の和室だ。そこも綺麗に片付いていた。というより、そもそも物がないのだ。

端っこに厚手のマットレスが畳んである。あとはドレッサーと坐卓、専門書の並んだ本棚の他、型の古いパソコンがあった。

かなり古いがエアコンも付いており、冷暖房はそれで事足りそうだ。もっとも、電気代が嵩《かさ》むからと、使っていない可能性もある。

「エアコンは残すんだよね？」

「はい。もともと付いていたものなので」

「そうすると、荷物はここにあるこれだけかな？」

「あと、押し入れの中にお蒲団《ふとん》と、衣装ケースがあります」

「洗濯機は？」

「ありません。手洗いするからいらないんです」

服もそんなに持っていなさそうだし、こまめに洗えば機械に頼る必要はないのか。

(本当に、必要最小限のものだけで暮らしてるんだな)

ただ、本はたくさんある。学生の本分を忘れず、勉学に励んでいるのだろう。

真面目な子なんだなと、圭介は好感を抱いた。初美が気にかけるのも納得できる。

「これ、本棚はこのまま運べばいいの？」

「あ、組立式なので、バラしておきます」

「だったら充分余裕があるね。いちおう蒲団と衣装ケースも見せてもらえる？」

「はい」

奈央が押し入れを開ける。上の段に蒲団がひと組と、下段に半透明の衣装ケースがふたつあった。

(え？)

圭介が思わず目を瞠《みは》ったのは、衣装ケースのひとつに赤いものが透けていたからだ。大きさとかたちからして、明らかに下着と思《おぼ》しきもの。

真面目な子だから、インナーも白一色だと決めつけていたわけではない。赤い下着を目にするなり、過去のある場面が蘇《よみがえ》ったのである。

それは、初めて異性と過ごした夜のことだ――。

2

大学時代、圭介がオカルト系のサークルに入ったのは、そっち方面に多少なりとも興味があったからである。

もっとも、そのサークルはディープな活動とは無縁だった。心霊スポットを巡ったりツチノコ探しをしたりと、他愛もない活動が多かったのも性に合っていた。

メンバーも、あからさまにオタクっぽい者は少数派だ。不可思議な現象を真面目に追究する面々もいたけれど、ライト派と対立することなく互いを尊重し合って、うまくバランスが取れていたのである。

居心地がよさそうだったのに加え、綺麗めの女子がけっこういたのも、圭介には嬉しかった。高校卒業まで彼女がおらず、是非とも大学時代に、嬉し恥ずかし男女交際を経験したかったのだ。できれば、他の男たちが羨むような可愛い子と。

同じ学科にも女子はいた。けれど、講義やゼミで一緒になるだけでは、親しくなるのは難しい。やはり気安く接することができるサークルのほうが、恋人を得る環境としては最適だろう。

さりとて、外見とは裏腹に気弱な性格のため、好きな子がいても告白できなかった圭介である。大学生になったからといって、度胸がついたわけではない。

大学二年生になり、四月生まれで早々に二十歳《はたち》になった圭介は、こんなはずじゃなかったと頭を抱えていた。成人前にセックスを、せめてファーストキスぐらいは体験したかったのに、この一年、色めいたことがまったく起こらなかったのだ。

追い詰められ、どうにかしなければと焦る。こうなったら新顔を狙うしかないと、圭介はサークルの新歓コンパで、初々《ういうい》しい一年生たちとお近づきになろうとした。

しかしながら、気軽に声をかけられるタイプの人間ならまだしも、異性の前では気後れする男である。おまけに見た目がごついから、距離を詰めただけで新入生たちに怯えた目を向けられる始末だった。

お近づきになるどころか避けられて、圭介はすっかりふて腐れた。新入生と楽しげに語らっている同期生たちを尻目に、ひとりで黙々とビールを飲んでいると、

「どうしたの？　暗いじゃない」

隣に来た人物に声をかけられる。二学年上で、四年生の豊島《とよしま》未紗《みさ》だった。

「あ、せ、先輩」

圭介は思わず坐り直した。

未紗は目が大きく、鼻と唇は小さい。西洋人形を思わせる顔立ちだ。

一方、艶々《つやつや》した黒髪はストレートで長く、こちらは和風の趣《おもむき》である。黒を基調としたコーディネートが神秘的な雰囲気を醸《かも》し出しており、この装いは初めて会ったときから変わっていない。

その美貌ゆえ、ひと目で心惹《ひ》かれたのは事実である。だが、黒魔術を行なっている

とか、怒らせると呪われるなんて噂を聞くに及び、自然と距離を置くようになった。もちろん、実際にそんなことはなく、周囲が面白がってこしらえた話だったのだ。

未紗自身、決して社交的なほうではなかった。サークルの仲間と普通に言葉は交わすけれど、はしゃぐところはまったく見せず、物静かな印象が強い。そのあたりも、特に後輩たちには、近寄り難いと思わせていた。

そんな彼女に急接近されたのである。しゃちほこ張るのも無理からぬこと。

「中野君って、もう飲んでもいいひとなんだっけ？」

未紗に首をかしげられ、圭介は「は、はい」とうなずいた。二年生だと、まだ十九歳の者もいるから、いちおう確認されたようだ。

「四月生まれなので、二十歳になりました」

「まあ、おめでとう」

そう言って、彼女がビールを注いでくれる。目上からの酌は飲み干すのが礼儀だと思い、圭介はグラスを一気に空にした。

「あら、いけるクチなのね」

美人の先輩に目を丸くされ、頬が熱く火照《ほて》る。アルコールが急に回ったせいもあったかもしれない。

「先輩もどうぞ」

返杯をするべくビール瓶を手にすると、未紗は空にしたばかりの、圭介のグラスを摑んだ。

「じゃあ、これにちょうだい」

彼女は自分のグラスを持っていなかった。手近に新しいものがあったのに、そちらには目もくれない。

(え、いいのかな?)

戸惑いながらも黄金色の液体で満たすと、未紗もコクコクと喉を鳴らし、グラスを空ける。意外な飲みっぷりのよさよりも、後輩男子と器を共有した大胆さに、圭介は狼狽《ろうばい》した。

(これって間接キス——)

などと、男子中学生みたいなことを考えたのは、異性に慣れていないからだ。

社交的ではない彼女が、どうして親しくもない後輩に声をかけてきたのか、圭介はわからなかった。頰がいくらか赤らんでいたようだし、酔ったせいで開放的な気分になっていたのだろうか。

それでも、ひとつのグラスで杯を交わし、アルコールで饒舌《じょうぜつ》になったおかげで会話がはずむ。もっとも、どんなことを話したのか、あとになって振り返っても、ほとんど思い出せなかった。

そして、気がついたときにはベッドの中だったのである。

目が覚めてしばらくのあいだ、圭介は天井をぼんやりと見あげていた。どうやって家に帰ったのか、なかなか働かない頭で解き明かそうとしたのである。

だが、不意に気がつく。目に映っているものが、見知らぬ天井であると。

大学入学後も実家暮らしだったから、物心がついたあと、十数年も眺めてきた自室の天井だ。フシの数や、シミの形もわかっている。そもそも、こんな真っ平らのボードではないし、電灯に派手なガラス飾りなどついていなかった。

(え、ここは?)

ベッドのスプリングも、やけに柔らかだ。いったいどこで寝ているのかと、圭介は視線を左右に向けた。

すると、隣に誰かがいたのである。

(え——)

驚愕で、一気に頭が冴える。焦って飛び起きた圭介は、その人物が女性で、しかも裸であることに狼狽した。起き上がったはずみで掛け布団がめくれ、仰向《あおむ》けで顔だけを反対に向けていた彼女の、ドーム型の乳房が視界に飛び込んできたのだ。

（お、おっぱい――）

子供の頃に見た母親のものを覗けば、実物を目にするのは初めてだ。おまけに、手をのばせば届く距離に存在しているのである。

だからと言って、触れる勇気などない。身を堅くして、金魚みたいに口をパクパクさせるのが関の山だった。

そこに至って、ようやく室内の景色が目に入る。

やけに大きなベッドは、ヘッドボードに用途不明なスイッチ類がある。壁紙はサイケ模様で、お世辞にもセンスがいいとは思えない。あとは壁に据え付けられた液晶テレビと、ケース内に怪しげな商品が並んだ販売機もあった。

（ラ、ラ、ラ、ラブホテルだ！）

心の中で叫んでから、あれ、これと似たような歌か映画がなかったかなと考えたものの、そんなことはどうでもいい。

女性とのお付き合いが未経験ゆえ、当然ながら過去に入ったことはなかった。だが、風俗系の深夜番組や、アダルト動画で見たインテリアとそっくりで、そうだとわかったのである。もちろん、何をするための場所かも知っている。

（てことは、おれは――）

恐る恐る掛け布団をめくれば、自身も一糸まとわぬ素っ裸であった。隣の女性はパンティを穿いている可能性があるが、この状況で何もしなかったなんて言い訳が通用するはずがない。

「んー」

寝ぼけた声を洩《も》らした彼女が、こちらに寝返りを打つ。顔がはっきりと見えて、またも圭介は心臓が停まりそうになった。

（と、豊島先輩！）

艶やかな黒髪を目にしたときから、もしやという思いはあった。けれど、そんなことはあり得ないと、推測を懸命に打ち消していたのである。

それが事実だと判明して、いよいよパニックに陥《おちい》る。

圭介はベッドを飛び出した。バスルームらしきドアを見つけ、中に飛び込む。とにかく頭をすっきりさせようとしたのである。

浴室のベージュ色の壁と床は、どこも濡れていない。バスタオルも足拭き用のマットも脱衣場の棚にしまってあったから、入室後に使わなかったようである。

（てことは、シャワーも浴びずに抱き合ったのか？）

丸っきり欲望本意のケダモノではないか。

(いや、落ち着け。まだそうと決まったわけじゃないんだ)

自らに言い聞かせ、熱めのシャワーを頭から浴びる。全身にまといついた霧《きり》と霞《かすみ》を洗い流すつもりで、ボディソープも使って肌をヌルヌルとこすった。

そうこうするうちに、いくらか記憶が蘇ってくる。新歓コンパで、なぜだか未紗に話しかけられ、サシで飲み続けたことを思い出した。

しかしながら、あるところで電源が落ちたみたいに、映像がふっつりと途切れる。間違いなく泥酔したせいなのだ。

ただ、こうして場所を移動しているから、酔い潰れたり、意識を失ったりしたわけではないらしい。体格差を考えれば、未紗に運ばれたとは思えないし、自力で歩けたのであろう。

(だとしても、まずいよ……)

自分はこんなに酒ぐせが悪かったのか。

成人したからと言って、そう頻繁に飲んでいたわけではない。まだ酒の味なんてわからないのだ。

もっとも、遺伝なのかアルコールには強いようである。ビールを二、三本飲んだ程度なら、呂律《ろれつ》もしっかりしているし、顔にもまったく出ない。せいぜいからだが熱くなるぐらいで、酔ったと自覚するには至らなかった。

コンパで旨いとも思わずビールを飲んでいたのは、女の子から相手にされなくてヤケになっていたのと、そんな自分を誰かが気の毒に思うか、あるいは飲みっぷりに注目してくれないかと期待したからだ。すると、予想もしなかった相手――未紗に話しかけられ、ふたりで飲むことになった。

もちろん圭介は、異性と飲みながら話すなんて初めてだった。近寄りがたい先輩だったのは事実ながら、未紗は美人だし、しかもふたりでひとつのグラスを使っていたのである。間接キスどころか、ほとんど唇を重ねたにも等しく、かなり舞いあがっていたのは否《いな》めない。

そのため加減がわからず、記憶を無くすまで飲んでしまったのか。

（……おれ、豊島先輩とセックスしたんだろうか）

最も気になるのはそこだった。

コンパの会場は都心に近く、帰れなくなって手近にあったホテルに入ったとも考えられる。ただ、休むだけなら全裸になる必要はない。酔っ払って脱いだのだとしても、未紗まで同じ格好になるだろうか。

そこまで考えて、圭介は（しまった！）と悔やんだ。行為があったのかどうか、痕跡を調べてからシャワーを浴びればよかったのだ。挿入なり射精なりすれば、ペニスにベタつきや匂いが残っていたはず。

焦っていたとは言え、失態もいいところである。何をやっていたのかと落ち込んだところで、バスルームのドアが開いた。

「え？」

振り返り、心臓が停まりそうになる。未紗だったのだ。ベッドでと同じく、乳房をまる出しにした。

いちおうパンティは穿いている。それも、白い肌とのコントラストも鮮やかな、真っ赤なやつを。紅白でめでたいなどと、感心している場合ではない。

「せ、先輩——」

言葉を失った圭介に、彼女はわずかに眉をひそめた。

「シャワーを浴びるのなら、声ぐらいかけてよ」

咎《とが》められ、「す、すみません」と謝る。何が悪かったのか、まったく理解できないままに。

すると、未紗が最後の一枚に手をかける。少しもためらわず、豊かに張り出した腰から剝《む》き下ろした。

（わわわっ！）

胸の内で声をあげた圭介の目の前に、全裸の美女。ほとんど反射的にペニスを両手で隠したのは、自分もまる出しだと気がついたからだ。

彼女が平然と近づいてくる。すぐ目の前まで接近されると、ミルクに似た甘ったるい匂いがふわっと漂った。使っていたボディソープの香りをかき消すほどの、濃厚なかぐわしさだ。ますます落ち着かなくなる。

「ゆうべは素敵だったわよ」

色っぽく目を細められ、圭介の頭に血が昇った。

（じゃあ、おれは豊島先輩としたのか！）

願っていた初体験を、ついに遂げたのだ。なのに、まったく憶えていないなんて。まさに一生の不覚。

未紗がすっとしゃがみ込む。何をするのかと思えば、たらいにお湯を溜め、そこに脱いだばかりのパンティをひたした。

彼女は固形石鹸を手に取ると、クロッチの裏地にこすりつけた。手揉みで泡立て、赤い下着を洗う。

圭介は白くてなめらかな背中と、艶やかな黒髪をぼんやりと見おろした。

(本当にしたんだよな、おれ……)

こんなに近くにいても、妙に現実感のないオールヌード。抱き合って、深く繋《つな》がったなんて、少しも信じられない。

とは言え、未紗が出鱈目《でたらめ》を言う必然性もないのだ。状況からして、やはりセックスをしたのであろう。

そのとき、彼女がこちらを振り仰いだものだから、ドキッとする。

「ねえ、オシッコしてもいい？」

「え？」

「わたし、お風呂場に入ると、したくなっちゃうのよね」

悪戯《いたずら》っぽく頬を緩《ゆる》めた未紗が、腰をモジモジさせる。圭介の許可を待つことなく、タイルを叩く水音が聞こえてきた。

(豊島先輩がオシッコをしてる！)

立っている圭介には、尿がほとばしるところは見えない。けれど、彼女の足下にレモン色の水溜まりができていた。親しみのある、ぬるい匂いもたち昇ってくる。

女性の放尿シーンなど、目にするのは初めてだ。まして、全裸で恥ずかしい姿を見せつける様は、目がくらむほどにエロチックであった。
「ねえ、シャワーで流してよ」
こちらを見ることなく、未紗が不機嫌そうに命じる。髪から覗く耳が赤くなってい
たから、男の前でするのはさすがに恥ずかしいのか。
「あ、はい」
圭介は急いでシャワーからお湯を出すと、彼女の足下にかけた。薄められた尿が泡
立って、排水口へと吸い込まれてゆく。
(ああ、もったいない……)
もっとしっかり観察して、匂いも間近で嗅ぎたかった。などと、いささか変態じみ
た願望を抱く。交わった記憶が残っていないぶん、別の繋がりがほしくなったのだろ
うか。
「え？」
振り返った未紗が目を丸くしたものだから、圭介は何事かとうろたえた。だが、彼
女の視線を追うことで、何を見られたのかようやく気がつく。
(あ、まずい)
シャワーを使うために、圭介はペニスを隠していた手をはずしたのである。そこが

いつの間にか膨張し、隆々と反り返っていたのだ。

「ひょっとして、わたしがオシッコするのを見て昂奮《こうふん》したの？」

とんでもない指摘を、そうじゃないと否定できなかった。年上美女の放尿に見とれたのは事実だったからだ。

返答に窮《きゅう》していると、未紗がやれやれというふうに肩をすくめる。

「意外とヘンタイなんだね、中野君って」

ストレートな決めつけに、圭介は情けなく顔を歪めた。

セックスをしたのなら、勃起したイチモツを見られたはず。現に、先輩は顔色ひとつ変えず、脈打つそこを眺めている。

おまけに、ごく自然な動作で手を差しのべ、筋張った肉胴を握ったのだ。

「あううっ」

圭介は反射的に腰を引き、膝を震わせて呻《うめ》いた。ゾクッとする気持ちよさが、ペニスを基点に広がったのである。

「ふふ、元気」

含み笑いをこぼした未紗が、牡の性器をしごく。快感が増大し、海綿体がいっそう充血した。包皮を脱いだ亀頭が、今にもパチンと破裂しそうにふくらむ。

「わ、かったーい」

はしゃいだ声をあげられ、圭介は羞恥に身をよじった。

(ああ、そんな)

これまで他人にペニスを握られたことはない。昨夜もされたのかもしれないけれど、意識がちゃんとした状態では初めてだ。

「すごく大きいわ」

感心した面持ちで屹立《きつりつ》を観察し、先輩女子がこちらを見あげる。

「からだつきが立派だから、オチンチンも立派なのね」

褒められているのだろうが、圭介は恥ずかしくてたまらなかった。そのくせ、包み込むような手指の柔らかさがたまらなく、膝がカクカクと震える。オナニーとは比べものにならない気持ちよさに、分身がしゃくり上げるように脈打った。

「せ、先輩、あ――」

喉をゼイゼイと鳴らす圭介を見あげ、未紗が満足げに目を細めた。

「わたしにシコシコされて、気持ちいいの?」

当たり前のことを訊ねられ、情けないと知りつつも「は、はい」と認める。

「だったら、もっとイイコトをしてあげる」

彼女が両膝を床につき、背筋をのばす。黒髪を指でかき上げながら、手にした屹立に顔を寄せた。

(まさか――)

思う間もなく、綺麗な唇が肉棒を咥《くわ》え込んだ。

「むはッ」

喘ぎの固まりが喉から飛び出す。快感で膝が笑い、その場に坐り込みそうになったが、圭介はどうにか堪《こら》えた。

ピチャピチャ……。

舌が躍り、敏感な粘膜を飴玉みたいにしゃぶる。むず痒さを強烈にした愉悦《ゆえつ》が手足の先まで行き渡り、頭がおかしくなりそうだった。

(おれ、豊島先輩にチンポをしゃぶられてる!)

未紗は『もっとイイコトをしてあげる』と言った。昨晩もこれをしていたら、そんな台詞《せりふ》は出てこないはず。

つまり、これは正真正銘の初フェラなのだ。

圭介にとってフェラチオは、セックス以上に憧れの行為だった。不浄の器官を舐《な》められるのは、性器を繋げるよりも背徳的である。風俗を別にすれば、そう簡単にはしてもらえないイメージがあった。

それを、こんな唐突に体験できるなんて。しかも美しい先輩が、ためらいもせず肉棒を頬張ったのだ。

頭が沸騰するほどの昂奮が、悦《よろこ》びも高める。膝の震えが全身に広がり、たちまち限界が迫ってきた。

「だ、駄目です、もう――」

声を震わせて窮状を訴えても、口ははずされない。それどころか、舌が派手に動き回り、チュパチュパと強く吸いたてられた。

「あああ、い、いく」

目のくらむ歓喜にまみれ、圭介は否応なく精を放った。先輩の口内に、青くさい牡汁をドクドクと注ぎ込む。

「ン……んふ」

未紗が口許《もと》をすぼめ、小鼻をふくらませる。巧みに回る舌がザーメンをいなし、過敏になった亀頭粘膜を刺激した。

「ふはっ、ハッ、はふ」

圭介は肺が空になりそうなほど、呼吸を荒ぶらせた。からだのあちこちをピクピクと痙攣《けいれん》させ、強烈な快美に翻弄《ほんろう》されながら。

高波が去って凪《なぎ》となる。どうにか坐り込まずに済んだ圭介の分身が、ようやく解放された。唾液に濡れて、赤みを増したものが。

「ふう」

ひと仕事終えて息をついた未紗が、淫蕩《いんとう》な目で見あげてきた。

「いっぱい出たわよ」

言われて、圭介はオルガスムスの余韻が引っ込むほどに驚愕した。口内発射したものが吐き出されなかったからだ。

(おれのを飲んだのか⁉)

感激よりも、罪悪感が強い。たとえ彼女が望んでしたことであっても。

「よっぽど気持ちよかったみたいね。オチンチン、可愛くなっちゃった」

うな垂れて、尖端に白い雫《しずく》を光らせるペニスを観察され、居たたまれなさが募る。

すると、未紗が立ちあがった。

(え?)

美貌に見あげられ、後ずさりしそうになる。その前に、彼女が首っ玉にしがみついてきた。逆らうこともできず顔の位置を下げると、いきなり唇を奪われる。

「ん――」

反射的に身が強《こわ》ばる。だが、唇のぷにっとした柔らかさと、温かな吐息を感じるなり、からだから力が抜けた。

(……おれ、キスしてる!)

軽い目眩《めまい》を覚える。何しろファーストキスなのだ。まあ、酔っていたあいだにしたのかもしれないけれど。

未紗が舌を入れてくれる。圭介は怖ず怖ずと自分のものを戯《たわむ》れさせた。唾液は甘く、息はかぐわしい。口で受け止めた精液の名残は、まったくなかった。

長いくちづけを終えて離れると、先輩女子の頬が赤くなっていた。うっとりしたふうに蕩《とろ》けた眼差しに、吸い込まれそうになる。

「ねえ、ベッドで続きをする?」

掠《かす》れ声で囁かれ、圭介は気持ちを沸き立たせた。

「え、続き?」

「まだしたりないかなと思って」

未紗が愛らしく小首をかしげる。彼女自身もフェラチオとくちづけで燃え上がり、男が欲しくなっているのではないか。

もちろん、圭介に異存はない。今度は素面《しらふ》で、しっかり体験できるのだから。

「は、はい。お願いします」

圭介は前のめり気味にうなずいた――。

3

ふたりでベッドに戻ったものの、結合は果たされなかった。勃起しなかったのである。未紗が丹念にしゃぶってくれて、くすぐったい快さにひたっても、海綿体はストライキを起こしたみたいに充血しなかった。

おそらく、期待に比例して緊張も高まったせいなのだろう。まずいと焦ることで、その部分はますます萎縮した。

圭介は、彼女にアソコを見せてほしいと頼みたかった。そうすれば昂奮して、エレクトするはずだと。単純に、未知の世界を拝みたかったためもある。

結局、勇気が出せず、お願いを口にできなかった。チェックアウトの時間が迫っていたためもあって、未紗は無理みたいねと諦めた。

順番にシャワーを浴びて身繕《みづくろ》いをし、ふたりでホテルを出る。最寄り駅まで歩いてから、方向が異なるのでそこで別れた。

そのとき、未紗はバイバイと明るく手を振ってくれた。けれど、圭介は深く落ち込み、その後もなかなか立ち直れなかった。せっかくの初体験をふいにしたからだ。

いや、未紗の発言によれば、初めての行為は済ませたらしい。しかし、記憶がなければ意味がない。童貞を卒業したなんて、とても胸を張れない状況だ。

とは言え、一縷《いちる》の望みはあった。また彼女と同席する機会があれば、誘ってもらえるであろう。酔った上とは言え、一度は親密な間柄になったのだから。

残念なことに、未紗はそれっきり、サークルの会合に顔を出さなかった。

四年生ともなれば、就活や卒論で忙しく、サークルは事実上の引退になるのである。卒業生追い出しコンパも、彼女は都合が悪いとかで出席せず、最後に会えたのは卒業式の当日であった。

他の部員たちと会場の前で待ち伏せ、式典を終えた卒業生たちが出てきたところで贈り物を渡す。圭介は、袴《はかま》姿の着飾った未紗に花束を差し出した。

『ありがと』

彼女は笑顔でお礼を言い、少し涙ぐんだ。圭介に会えたからというわけではなく、いよいよ卒業だと感極まっていたのだろう。

以来、未紗とは会っていない。他の異性ともチャンスに恵まれず、現在に至る。

だからこそ、目が覚めたあとのラブホテルでのひとときは、今でも鮮やかに思い出すことができる。

あの日、未紗はパンティを穿かず、ノーパンで帰った。まだ湿っていたのだ。洗った薄物を圭介に託し、乾かしてから返してと悪戯っぽくほほ笑んだ。

それは自室のクローゼットにしまい、そのままになっている。卒業式のときも忘れてしまい、未だ手元にあった。

そのため、奈央の部屋で赤い下着を目にするなり、記憶が蘇ったのである。

「どうかしたんですか？」

声をかけられ、我に返る。「え？」と振り返り、そこにいたのが先輩ではなく、引越しを依頼した女子大生だったものだから、圭介は混乱した。回想にひたったため、過去と現在がごっちゃになっていたのだ。

「ああ、いや……べ、べつに」

どうにか取り繕い、エヘンと咳払いをする。

「うん。これだけの荷物ならだいじょうぶだね」

告げると、奈央が微笑を浮かべる。無事に引越しができそうだと、安心したのだろう。

「そうすると、あとは引越し先までの距離で費用が決まるけど、これから案内してもらえるのかな？」

「あ、ごめんなさい。わたし、道がわからないんです。住所は聞いてますけど」

「だったら、おれのほうで道順を調べておくよ」

その場で日程を確認し、引越し作業は二日後の午後と決まった。アルバイトとの兼ね合いで、奈央はそこしか空いていないという。

「じゃあ、それまでに荷物だけまとめておいてもらえるかな。当日は、おれがひとりでここに来るから」

「わかりました。よろしくお願いします」

「こちらこそよろしく。それじゃ」

用事を終えると、圭介は急いでボロアパートをあとにした。赤い下着が目に焼きついてなかなか離れず、女子大生とふたりっきりで部屋にいたら、おかしな気分になりそうだったのだ。

その晩、圭介は久しぶりに、未紗のパンティを取り出した。

あのとき彼女が洗ったから、シミも匂いもない。クロッチの裏地にある細かな毛玉が、長く使われたものであると物語っていた。

それを眺め、オナニーに耽《ふけ》る。初めてのフェラチオの快感や、くちづけをしたときのときめきを思い返して。

(ああ、豊島先輩――)

脳裏に浮かべた彼女の美貌目がけて、圭介はおびただしい精を放った。


二日後、圭介は小型トラックで、奈央のアパートを訪れた。外階段を二階へ上がり、合板のドアをノックする。約束の時刻ぴったりであった。

「はあい」

返事のあと、バタバタと慌てたような足音が聞こえた。

「すみません。よろしくお願いします」

ドアを開けた女子大生が、息せき切って告げる。頬が紅潮し、額に汗が光っていた。

「何かやってたの?」

「ああ……荷物の整理を」

「え、今?」

「バイトのシフトが長引いたりして、時間がなかったんです。でも、ちゃんと終わりましたから」

だが、目がやけに赤い。あまり寝てないのではないか。心配だったものの、引越しは予定どおりに済まさねばならない。

ひとりでは無理な重いものや大きなもの、冷蔵庫やマットレス、ドレッサーなどを、彼女と一緒に運び出す。荷台に上げるのは昇降ハシゴを使い、安全に配慮した。

「これはこのまま運べばいいんだよね？」

奈央に確認してから、圭介は衣装ケースを運んだ。かさばっていても軽いので、ひとりでも平気だ。

そのとき、何気に確認したところ、一昨日透けて見えた赤いパンティがなかった。

（ひょっとして、今穿いてるのかな？）

彼女はジーンズにTシャツと、相変わらずシンプルな装いだ。段ボール箱に詰めた本や小物などを持ち上げる後ろ姿をそれとなく観察すると、ジーンズのウエスト部分から、赤い布がチラッと覗いた。

（あ、やっぱり）

あのときの未紗と同じ色の下着だとわかり、無性にドキドキする。だからと言って手を出せるはずがない。たわわなヒップラインにときめくのみで、圭介は荷物の積み込みに精を出した。別の精を出したいのを我慢して。

（──て、欲求不満かよ？）

あるいは一昨日、未紗の赤いパンティを眺めてオナニーをした影響で、年下の女子大生に邪《よこしま》な感情を抱いてしまうのか。同じ色の下着を穿いてるのならヤラせてくれるかもと、都合のいい期待を抱いて。

おかげでペニスは半勃《はんだ》ち状態をキープし、いささか居心地が悪かった。股間のふくらみを見つかるのではないかと、それも気になる。

幸いにも何事もなく、無事に積み込みが完了した。幌《ほろ》を掛けて、荷物が落ちないかしっかり点検する。

「じゃあ、行こうか」

「はい」

助手席に奈央を乗せ、引越し先を目指して出発する。昨日、スマホのマップでルートを調べておいた。三十分ぐらいで到着するはずだ。

車を出して間もなく、彼女はこっくりこっくりと舟を漕ぎ出した。やはり寝不足だったらしい。荷造りと積み込み作業で疲れたためもあるのだろう。

トラックだからリクライニングがほとんどできず、可哀想《かわいそう》だなと圭介は思った。愛らしい寝顔をチラチラ見ていたら、斜め掛けのシートベルトが胸の谷間を通り、バストの形が強調されていることに気がつく。薄手のTシャツだから、ブラジャーのラインもくっきり浮かんでいた。

セクシーな眺めに目を奪われ、圭介は危うく赤信号を見落とすところであった。

（危ない危ない）

胸を撫で下ろしたものの、急なブレーキで奈央が前屈みになる。そのため、寝顔と乳房の盛りあがりがよく見えなくなった。

これは余所見をするなと言う警告なのだと受け止め、圭介は運転に集中した。

「う――ううう」

突如聞こえた呻き声にビクッとする。奈央だ。

（え、なんだ？）

夢でも見て、寝言を洩らしたのか。だが、やけに苦しそうなものが続く。うなされているのなら、起こしてあげたほうがいいのだろうか。しかし、疲れて眠ったのなら、起こすのは可哀想だ。

どうすればいいものかと迷っていると、

「ああッ！」

彼女が声を上げ、目を覚ます。恐怖に怯えた面差しで。

「だいじょうぶ？」

心配して訊ねると、奈央がハッとしてこちらを見た。

「え？　ああ、いえ、何も」

取り繕ったふうに答え、あとは黙り込む。新居に到着するまで、ふたりのあいだに言葉は交わされなかった。

（何だか様子がおかしいな……）

圭介はおっぱいの形状に注目するどころではなくなった。

ほぼ予定どおりの時間をかけて、新たな住まいたるアパートに到着する。住所とルートしか確認しておらず、初めて外観を目にした圭介は驚いた。

（え、ここ？）

あのボロアパートと、家賃は同じぐらいだと聞いている。同じ二階建てで、築年数は経っていそうながら、雲泥の差と言っていいぐらいに綺麗な建物だった。

なるほど、駅や幹線道路からは離れており、公共の交通機関に関しての利便性はよくない。それでも、いちおう都内であり、周囲も住宅街で環境もいい。かなり破格の物件だった。

そのとき、圭介はもしやと訝《いぶか》った。

（ここ、事故物件じゃないか？）

前の住人が自殺や孤独死をしたり、あるいは殺されるなりしたのではないか。そういう場合、心理的瑕疵《かし》物件として、家賃が安くなると聞いたことがある。大学のオカルトサークルでも、事故物件にまつわる怪談を多く耳にした。

さりとて、これからここに住む女子大生に、不吉な情報を吹き込むわけにはいかない。だいたい、そうと決まったわけではないのだ。

ところが、奈央が鍵を開け、一階の部屋に入るなり、ここで何かあったに違いないと確信を抱くことになる。中は改装され、すっかり真新しくなっていたのだ。

（いや、確実に何かあったぞ、ここで）

死体の発見が遅れて悲惨なことになり、掃除だけでは済まなくなったのだとか。あるいは、殺されたときに血や肉片が室内に広く飛び散ったのかもしれない、などと、猟奇的な場面も浮かんだ。

そんな疑念を包み隠し、

「綺麗な部屋だね」

圭介が感心した素振りを見せると、それまで表情を曇らせていた奈央が、ようやく笑顔を見せた。

「はい。わたしも気に入ってるんです」

間取りは前と同じ1Kだが、こちらはフローリングの洋間である。新しい壁紙も天井も白く、インテリア次第で女の子っぽい空間になるだろう。まあ、本人はそういうのを好まないかもしれないが。

さっそく荷物を部屋に運び入れる。新しい住まいに、奈央も気持ちがはずんでいるのか、家具の置き場所を細かに指定した。新たにパソコン用のデスクも買っており、圭介は組立てを手伝った。

かくして、思った以上に時間がかかり、荷物の運び入れと設置作業がだいたい終わったときには、日がとっぷりと暮れていた。

「ありがとうございました。いろいろと手伝っていただいて、助かりました」

礼を述べられ、圭介はかぶりを振った。

「いや、可愛い後輩のためだから」

大学厚生課の初美に言われたままを述べると、奈央が恥ずかしそうに目を伏せる。口説《くど》いていると勘違いされたのかと、圭介は狼狽した。

「じゃ、じゃあ、おれはこれで。あ、支払いのほうは――」

いつでもいいから店に払いに来てと告げようとするなり、天井の明かりがパッパッと点滅する。

（ん、なんだ？）

見あげると、白いカバーで覆われた蛍光灯が、パチッと小さな音を立てて消えた。

「キャッ」

真っ暗になり、悲鳴を上げた奈央が抱きついてくる。圭介もかなり驚いたのであるが、女の子の前で無様なところは見せられない。懸命に気持ちを落ち着かせた。

もっとも、彼女の甘い体臭と柔らかなボディに、別の意味で動揺させられる。

「だいじょうぶだよ。蛍光灯が切れただけだから」

「で、でも、新しいやつじゃないんですか？」

確かに、カバーは見るからに新品だった。

照明はリモコンで明るさを調節できる。圭介は奈央とくっついたまま壁際に移動し、スイッチを操作した。すると、常夜灯は点いたものの、蛍光灯はうんともすんとも反応しない。

（新品が急に切れることなんてあるのか？）

よっぽどの粗悪品か、でなければ妙な力が働いたとか。オレンジ色の暗い光で照らされた室内は、余所余所しい不気味さがある。

そのとき、どこからともなく、女のすすり泣きが聞こえた。

「ひッ」

奈央が身を強ばらせる。圭介も心臓をバクバクと高鳴らせた。

(な、なんだ今のは⁉)

この部屋にいるのはふたりだけだ。耳を澄ませても、もう何も聞こえない。

奈央は震えていた。いっそう強く圭介にしがみつき、時おり鼻をすする。泣き出しそうなのを、懸命に堪えているかのように。

「あの……今夜、ここに泊まっていただけませんか?」

震える声でお願いされ、圭介は戸惑いを隠しきれなかった。

「え、どうして?」

「わたし、イヤな話を聞いちゃったんです」

彼女は昨日、バイト先の友人に、引越し先のことを話したのだという。すると、家賃がかなり安いのを不審がられ、事故物件じゃないかと言われたそうだ。

(考えることは、みんないっしょなんだな)

圭介は胸の内でうなずいた。

不動産屋から何も聞かされていなかったから、奈央はそんなはずはないと一笑に付した。ところが、夜中に荷造りをしていたときに、くだんの友人から電話があった。調べたところ、そのアパートで女性が首を吊っているという。

実は奈央も心配になって、事故物件情報サイトで調べたのである。けれど、引越し先のアパートは載っておらず、胸を撫で下ろしたのだ。

そう伝えても、すべての情報が網羅されているわけではないと友達に反論される。では、本当に事故物件なのかと、奈央も疑いだした。家賃が安いのに加え、新築みたいに改装されていたことも、実は気になっていた。

それでも、安ければべつにかまわないと、気にしないよう努めた。もともと幽霊なんて信じていなかったし、雨風をしのげればよかったのである。

だが、ここへ来る途中、奈央はトラックで寝てしまい、悪夢を見てうなされた。新居に入ったら首を吊った女性がいて、悪霊と化した彼女に、死の世界へ引きずり込まれるというものだった。

おかげで怖くなったものの、引越し作業に汗を流すことで、どうにか気を紛らわせられた。なのに、ここに来て電灯が消え、妙な声が聞こえたものだから、恐怖がぶり返したらしい。

そのため、圭介に残ってほしいと嘆願したのだ。

「お願いです。今夜無事に過ごせたら、あとはだいじょうぶだと思うんです。ご迷惑だとは承知していますけど、わたし、お兄さんしか頼れるひとがいないんです」

涙を浮かべて縋る女子学生を、邪険にできるはずがなかった。それに、異性の部屋に泊まるということで、アッチの期待が頭をもたげたのも事実。

(今度こそ、記憶に残る初体験ができるかも)

とは言え、こんな清純そうな子が、簡単にからだを許すだろうか。もしかしたら処女かもしれないのに。

いきなり肉体関係は無理でも、これが縁で付き合えるようになれば嬉しい。下心にも後押しされ、圭介は泊まることを了承した。

4

奈央が買い置きしてあった菓子パンで夕食を済ませると、ふたりはさっそく寝ることにした。

テレビはないし、パソコンもインターネットの契約と接続が未了とのこと。何もすることがなく、引越し作業で疲れていた。特に彼女は寝不足気味だったのだ。

中央にマットレスを広げ、その上に蒲団を敷く。ひとり用だから、寝るとなるとぴったりくっつかねばならない。

「あ、シャワーは？」

訊ねると、奈央が首を横に振った。

「わたしはいいです」

すぐに眠ってしまえば、早く明日になるとでも考えているのか。あるいは、ひとりでバスルームに入るのが怖いのかもしれない。

そうなると、圭介も遠慮するしかなかった。新居で主人を差し置いて、バスルームの使い初めをするなんて僭越《せんえつ》すぎる。

それでも、歯磨きはちゃんとした。圭介はホテルのアメニティーらしき、使いきりのものを彼女にもらったのだ。

寝るときの掛け物は、大きめの毛布が一枚である。寝床へ入るとき、奈央はジーンズとTシャツ姿のままだった。さすがに恋人でもない男の前で、肌をあらわにはできなかったのだろう。

圭介も服を着たまま、彼女の隣へ入ろうとしたのであるが、

「え、脱がないんですか？」

毛布から顔を出した奈央が、怪訝《けげん》な面持ちを浮かべる。

「いや、だって」

君も脱がないじゃないかという返答を、圭介は呑み込んだ。それだと彼女を責めているように取られるからだ。

ただ、口には出さずとも、奈央は察したようである。

気まずげに唇を歪めると、毛布を頭からかぶる。何やらモゾモゾしていたかと思うと、丸めた青い布を外に放った。彼女が穿いていたジーンズだ。間を置いてから、白いブラジャーも出された。

（え、それじゃ――）

寝床の中の女子大生は、Tシャツにパンティのみの格好になったのだ。

「お兄さんも、寝やすい格好になってください」

毛布から顔を出さずに、奈央がくぐもった声で言う。ここまでされたら、脱がないわけにはいかない。

それにしても、けっこう大胆な子である。年上の男が身軽になれるよう、無理をしているのかもしれないが。

（いいんだろうか……）

迷いながらも、ズボンと上着を脱ぐ。彼女と同じように、Tシャツとブリーフのみの格好になった。

蒲団に入るとき、なるべく毛布をめくらないようにして、圭介は中に身をすべり込ませた。奈央があられもない姿だから、気を遣ったのである。なるべくからだが触れないよう、あいだも空けた。

ところが、彼女が身を寄せてくる。手脚を絡め、密着してきたのだ。

「え、ちょっと」

圭介が戸惑うと、奈央が胸に額を擦りつけた。

「……怖いの」

怯えきった声で、泣き言を口にする。

（おれが守ってあげなくちゃ――）

騎士のような心づもりになり、圭介は細い肩をそっと抱いた。

「だいじょうぶ。おれがついてるから」

柄にもなく男らしいことを告げると、彼女が安堵したように息をつく。毛布に埋まったまま、上目づかいで圭介を見つめた。

「わたし、汗くさくないですか?」

シャワーを浴びずに同衾《どうきん》したことを、今さら悔やんでいるようだ。

くさいわけがない。むしろ濃厚な甘ったるさと、わずかな酸味が好ましい。できればからだのあちこちを、特に匂いの強い腋《わき》や股間を嗅ぎ回りたかった。

さすがにそんなことをしたら、変態だと蔑《さげす》まれるであろう。そもそも圭介だって、引越し作業でかなり汗をかいたのである。

もっとも、奈央のほうも気にならない様子だ。圭介の胸元で鼻を鳴らし、うっとりしているのが窺《うかが》える。動物的な本能で、男も女も、異性の匂いに惹かれるようになっているのか。

程なく、彼女は寝息を立てだす。圭介も仕事で疲れたためもあり、引き込まれるように眠りに落ちた。

しかしながら、さすがに朝までぐっすりとはならなかった。やはり寝床に就くのが早すぎたようだ。

目を覚ましたとき、室内を常夜灯の薄暗い光が照らしていた。窓にはまだカーテンが付いておらず、外は真っ暗だ。おそらく夜中であろう。

圭介がじっとして動かなかったのは、しがみついたままの奈央を、起こしたらまずいと思ったからである。新居に移ったばかりのこんなときぐらい、朝までゆっくり眠らせてあげたかった。

(だけど、本当に事故物件だとしたら、可哀想だよな)

家賃が安いのは幸いだとしても、心霊現象に悩まされることにでもなったら大変だ。大学やバイトから疲れて帰っても、ゆっくり休めないではないか。

耳を澄ませても、あのすすり泣きは聞こえない。奈央も聞いたはずだから、幻聴の類《たぐ》いではないはず。もっとも、単純に隣室のテレビの音か、男女の睦《むつ》み合いだったとも考えられる。

要はいきなり明かりが消えたものだから、よく確かめることなく怯えてしまったのだ。蛍光灯だって、経費節約のため粗悪品をセットしたから、新品なのに切れた可能性がある。

もうちょっと冷静に対処すべきだったなと、圭介は反省した。ただ、うろたえまくったおかげで、チャーミングな女子大生とひとつの蒲団で寝ているわけである。さすがに、色めいた展開にはなりそうもないが、異性に縁のない生活をしている身には、ささやかな幸せと言えよう。

「ン……」

奈央が小さな声を洩らす。起きたのかと焦ったものの、規則正しい寝息が続いている。夢を見たとしても、悪夢ではなさそうだ。本人も今夜だけと言ったとおり、もう大丈夫ではないか。

圭介のほうは、いくらでも一緒に寝てあげてかまわない。というより、できれば正式にお付き合いがしたかった。

(ま、こんな可愛い子が、彼女になってくれるはずがないか)

引越し作業のついでに、用心棒を頼まれただけなのだ。がたいだけはいいから、頼りになると思われたのかもしれない。

妙な期待をしても無駄だと自らに言い聞かせたとき、圭介は己《おのれ》の下腹部に生じている現象に気がついた。

(ああ、すごく勃《た》ってるよ……)

睡眠時の作用で、ペニスがギンギンに膨張していた。下腹に突き刺さらんばかりに反り返り、鈴口に滲《にじ》む先走りが肌を濡らす。

こんな状態を奈央に知られたら、犯されると誤解される恐れがある。圭介は下半身だけでも距離を取るべく、腰をそろそろと引いた。

「むぅ」

洩れそうになった声を、咄嗟《とっさ》に抑え込む。突然の快美に目がくらんだのだ。

何が起こったのかと、圭介は混乱した。だが、ブリーフ越しに分身を握り込まれているとわかり、今度は動揺する。誰の仕業かなんて、考えるまでもなかったからだ。

（な、なんだ？）

（浅谷さん、何を——）

最初は、寝ぼけてさわったのかと思った。だったら、すぐに離すだろう。

ところが、包み込むように握った指が、硬さを確認するみたいに強弱を示す。さらに、根元から先端へと動き、筒肉を摩擦した。

これはもう、意図的にそうしているとしか思えない。

（どうしてこんなことを？）

悦びがふくれあがり、鼻息が吹きこぼれる。それでも圭介が眠ったフリを続けたのは、どうすればいいのかわからなかったからだ。

毛布の中は暗いから、勃起していると目ではわかるまい。たまたま触れたら大きくなっていたものだから、興味を惹かれたのではないか。

だが、暮らしも質素で、勉学とアルバイトに励む真面目な女子大生が、ここまで奔放な振る舞いをするだろうか。人体の変化に、生物学的な関心を抱いたのなら、まだ理解できるけれど。

「……起きてますよね？」

囁くような問いかけにドキッとする。思わず身を強ばらせたから、狸寝入りだとバレてしまった。仕方なく、

「う、うん……」

と、たった今起きたふうに声を作る。

「オチンチン、すごく硬いですよ」

ストレートに言われて、頬が熱くなった。

「い、いや、これは起きたばかりだから――」

生理現象であると伝えようとしたところ、あっさり「わかってます」と言われた。

「前に付き合った彼氏のも、朝はこんなふうでしたから」

理解してもらえて安堵する。ただ、奈央がすでに男を知っているとわかり、いささかショックではあった。

（浅谷さん、もう処女じゃないのか……）

だが、圭介をラブホテルに誘ったときの未紗だって、同じく大学四年生だったのである。身なりこそ地味でも奈央は可愛いし、恋人がいないほうがおかしい。

とは言え、いかにも大人びていた先輩女子と、真面目を絵に描いたような現役女子大生とでは、受ける印象が丸っきり異なる。何より、奈央は年下なのだ。

複雑な思いを噛《か》み締めていると、彼女がブリーフのゴムに指を掛ける。脱がされるとわかっても抵抗しなかったのは、清純だと信じていたぶん、裏切られた気がしたからだ。だったら愛撫してもらえばいいと、少々荒《すさ》んだ心持ちにもなっていた。

ひと晩を一緒に過ごすことになったときには、今度こそ素面でセックスが経験できるかもと期待したのである。いざそういう状況になったら蔑むとは、身勝手すぎる。

それでも、ブリーフをずり下げられ、剝き身の肉根に指を巻きつけられるなり、罪悪感がこみ上げた。握られた感触から、そこがベタついているとわかったからだ。

寝る前にシャワーを浴びなかったことを、圭介は後悔した。けれど、ゆるゆるとしごかれることで、そんなことは次第にどうでもよくなる。

「うう……あ」

こぼれる声を抑えきれない。肉根が著《いちじる》しく脈打った。

「すごい……オチンチン、立派ですね」

声を震わせての称賛に、恥ずかしさが薄らぐ。そのため、奈央が身を起こし、毛布が取り払われても、べつにかまわないという心持ちでいられた。

常夜灯に照らされた牡器官は、陰影のせいでより凶悪に映る。それを握るちんまりした手が、痛々しく感じられるほどに。

腿《もも》の半ばで止まっていたブリーフを完全に脱がせてから、奈央が圭介の腰の脇に正座した。Tシャツの裾《すそ》から赤いパンティが覗くのもかまわず、身を屈めてペニスを観察する。

セクシーな眺めに、屹立が破裂しそうにふくらむ。生真面目な視線を浴びて、妙に昂奮したためもあった。

圭介が彼女の好きにさせていたのは、打算があったからである。次は自分が女性器を見せてもらえる口実になると。

(豊島先輩のは、見られなかったからな)

べつに未紗の代わりというわけではなく、単純に女芯を拝みたかったのである。ネットの無修正画像なら腐るほど見たが、やはり実物を凌ぐものではない。

しかしながら、彼女が目を凝らし、二十センチほどの距離まで顔を近づけたのには、さすがに居たたまれなくなった。悩ましげに小鼻をふくらませたのは、蒸れた男の匂いを嗅いだからであろう。

だったら自分もそのぐらいの至近距離から見てやろうと、劣情を沸き立たせる。そのため、普段なら絶対にできないであろうお願いを、迷わず口に出せた。

「今度はおれの番だよ」

声をかけると、奈央が肩をビクッと震わせる。何を求められたか理解できなかったようで、怖ず怖ずとこちらを向いた。

「え、なんですか？」

「おれも浅谷さんのアソコを見せてもらうよ」

言ってから、さすがに頬が熱くなる。欲望本位の発言に、自分がケダモノにでもなった気がした。

だが、今さら引っ込みがつかず、どうにでもなれと身を起こす。

奈央は迷いを浮かべたものの、圭介と入れ代わって蒲団に横たわった。もしかしたら、夢中になって男根を観察したことが恥ずかしくなり、交換条件を持ち出されてむしろ安堵したのではないか。

仰向けで気をつけの姿勢をとった女子大生は、殉教者みたいに敬虔《けいけん》な面持ちだ。すっかり覚悟を決めたふうでもある。圭介が意を決してパンティのゴムに手をかけると、言わずともおしりを浮かせてくれた。

赤い薄物を引き下ろし、爪先から抜き取る。両膝に手をかけ、大きく開かせた。

「うう……」

小さな呻きをこぼしたものの、彼女は抵抗しなかった。先に見てしまった負い目があるのか。いつの間にか瞼《まぶた》を閉じていたから、やはり恥ずかしいのであろう。

可哀想かなと気が引けつつも、欲望には抗《あらが》えない。光量が不足しているのが残念だったが、圭介は女体の中心に顔を近づけた。

秘め園の佇まいを捉える前に、酸味を含んだぬるい臭気に悩ましさを覚える。発酵食品をあれこれ混ぜた感じで、動物的な趣もあった。

なのに、不思議と惹かれる。ずっと嗅いでいたい気にもさせられた。やはり本能的に、異性の匂いを好ましく感じるようになっているのか。

うっとりしつつ目を凝らしても、肝腎の佇まいがよくわからない。明かりが足りなく、影になっているのに加え、奈央の陰毛がけっこう濃かったのだ。

ヴィーナスの丘に逆立つ繁みは、範囲をおしり近くまで広げている。おそらく手入れなどしていないのだろう、最も見たい部分も隠れていた。

それでも明るいところなら、叢《くさむら》の狭間に割れ目や花びらが確認できたのではないか。ネットの画像を思い浮かべ、目の前の女陰を補完しようにも、あまりに見えるものが少なすぎる。

だったら、秘毛をかき分ければいいようなものだが、手を出す勇気はなかった。彼女はペニスを握ったのだから、こちらもさわる権利がある。いくらでも口実はあるのに、いざとなると生来の気弱さが出てしまう。

（まったく、情けないな……）

図体がでかいだけで、てんで度胸がない。そんなことだから彼女もできないのだと落ち込みかけたとき、

「も、もういいでしょ」

奈央が泣きそうな声で言い、蒲団の上でヒップを揺らす。そのまま起き上がりそうだったものだから、圭介は焦った。このまま逃げられる気がしたのだ。

そうはさせじと、彼は咄嗟に魅惑の苑《その》にくちづけた。

初体験が思い描いたものとはならず、本当に成就できたかも確信が持てなかった。そのため、次の機会ではああしようこうしようと、性交を成功させるべく、圭介はかなりの脳内シミュレートを行なったのだ。

自分が気持ちよくなりたいのはもちろん、できれば相手の女性も感じさせたい。とは言え、最初からピストン運動で歓ばせるのが難しいことぐらいわかる。

そこで、クンニリングスに活路を見出したのである。舐めるだけなら初心者でもで

きそうだし、女性も指の愛撫より感じるのではないか。圭介だって、フェラチオであっ気なく果てたのだから。

口唇奉仕でエクスタシーへと導くべく、どこを舐めれば感じるのかも研究した。かくして事前学習は済んでいたし、生々しい秘臭に惹かれていたこともあって、口をつけることにためらいはなかったのだ。

「え？」

奈央が戸惑った声を洩らす。けれど、何をされたのか、まだ悟っていない様子だ。それをいいことに、舌で縮れ毛をかき分け、湿ったミゾに差し入れる。

「キャッ、ダメっ！」

ようやく気がついたか、彼女が悲鳴を上げる。くねる下半身をすぐさま両手でがっちりと固定し、圭介は舌を律動させた。

「あ、ああっ、イヤぁ」

奈央が暴れる。それでも男の力には敵《かな》わず、恥ずかしいところをねぶられ続けることになった。

（これが女性のアソコの味なのか）

味蕾《みらい》に感じるのは、わずかな塩気ぐらいである。それでも圭介は感激した。何しろ、初めて女性器に口をつけたのだ。

昂奮が著しく、全身がカッと熱くなる。陰毛の狭間に染み込んだ、オシッコの残り香すら好ましい。

「だ、ダメ……そこ、汚れてるんですぅ」

涙声で訴えられ、そんなに嫌なのかと怯《ひる》みかける。だが、シャワーを浴びていないから気になるだけで、クンニリングスそのものを忌避《きひ》しているわけではない。

そう判断して、圭介は敏感な肉芽を狙った。快感で黙らせようと考えたのである。

「あひッ」

舌探りでも目標を捉えられたようで、鋭い嬌声《きょうせい》がほとばしる。若腰がビクッとわなないた。

「イヤッ、あああ」

抗う声も、どこか色めいたものに聞こえる。感じているに違いないと、圭介は一点集中で責め続けた。その判断は、どうやら間違っていなかったようである。

「あ、ダメ……おかしくなっちゃう」

奈央がよがり、半裸のボディを波打たせた。羞恥と戸惑いを、悦びが押し流したと見える。

（よし、このまま――）

彼女を絶頂させるべく、圭介は一心に舌を動かした。顎が疲れ、舌の根が痛くなったのも我慢して。

「う、あぁ……しないでぇ」

すすり泣きが耳に届く。口をつけたところが熱を帯び、かなり高まっているのが窺えた。

（これなら本当にイクかも）

気がつけば、多量の蜜が溢れていた。舌に絡め取るだけでは間に合わず、唇をつけてぢゅぢゅッとすする。

「くううう、そ、それダメぇ」

奈央が腰をはずませ、投げ出した太腿をビクビクと痙攣させる。あられもない反応に煽《あお》られ、圭介はふくらんだ秘核も吸いたてた。

次の瞬間、

「イヤッ、イクッ」

短くアクメを告げるなり、彼女が背中を反らせる。その姿勢で全身を強ばらせ、間もなくがっくりと脱力した。

（え、イッたのか？）

アダルトビデオみたいに派手なオルガスムスを期待していた圭介は、拍子抜けした。あまりにあっ気ない幕切れだったからだ。

戸惑いながら顔をあげれば、奈央は手脚を投げ出して、Tシャツの胸を上下させている。ふたつの頂上には突起が浮かび、ノーブラなのを今さら思い出した。

裏地にこすれて乳首が勃ったのか。それとも、圭介が見ていないところで、彼女が自らまさぐったのであろうか。

ともあれ、絶頂に至ったのは間違いなさそうだ。これで願いがひとつ叶《かな》ったと、圭介は喜びに胸をふくらませた。

第二章　隣に聞かせる喘ぎ声

1

「う、うぅ……」

すすり泣きが聞こえ、圭介はドキッとした。

（え、なんだ？）

見ると、奈央が顔を横に向け、肩を震わせている。どう見ても、オルガスムスの余韻にひたっているふうではない。

圭介は焦って彼女の脇に移動し、顔を覗き込んだ。

「あの、ごめん」

理由がわからぬまま謝ると、奈央が顔を上に向ける。涙を浮かべた目で睨《にら》まれ、圭介は狼狽した。

次の瞬間、彼女が首っ玉に抱きつき、ぐいっと引っ張ったのである。

「わ――――」

抵抗するすべもなく、圭介は倒れ込んだ。女子大生の顔の真上に。気がつけば、唇を奪われていた。

（え⁉）

ぷにっとした感触に、反射的に身が強ばる。キスをされたとすぐにわかったが、どうしてなのかとひどく混乱していた。

おまけに、温かな息を吹き込まれたと思うなり、舌も侵入してきたのである。

「んぅ、ンふ」

せわしなく小鼻をふくらませる奈央が、唇や口内に舌を這わせる。くちづけというよりは、子猫の毛繕いをする母猫のよう。お返しに舌を与える余裕はなく、圭介はされるがままであった。

間もなく解放され、放心状態で見おろせば、奈央は涙目で頬を紅潮させていた。

「……どうして舐めたんですか？」

咎める口調の質問に、「え？」と困惑する。いきなりキスをしたのはそっちではないかと思ったのだ。

しかし、彼女がなじったのは、その件ではなかった。

「わたしのアソコ、汚れてたのに」

クスンと鼻をすすられ、ようやく理解する。同時に、奈央がどうしてキスをしたのかもわかった。己の不浄の部位に密着したところを、舐めて清めたのだ。

「汚れてなんかなかったよ」

答えても、彼女は納得しなかった。

「ウソばっかり。それに、くさかったでしょ」

そう言って、顔を歪める。洗っていない性器がどんな匂いをさせるのか、我が事だけに知っているのだろう。だが、その反論を認めるわけにはいかない。

「くさくなんかなかったよ。そりゃ、いい匂いってことはないとしても、おれは浅谷さんの匂い、けっこう好きだけど」

さすがに昂奮したなんて言おうものなら、変質者の烙印《らくいん》を押されるのは確実だから黙っていた。それでも、奈央には到底信じられなかったらしい。

「す、好きって――」

狼狽し、目を泳がせる。圭介が真顔だったため、嘘だと反論できない様子だ。

（くそ、可愛いなあ）

すでにセックスを経験していると知って、つい蔑んだ目で見てしまったけれど、決して蓮っ葉《はすっぱ》な女の子ではない。心がとても清らかなのだ。

そんな彼女を絶頂に導いた誇らしさもぶり返し、愛《いと》しくてたまらなくなる。圭介は添い寝すると、今度は自分からキスをした。

「ん――」

奈央が息を詰め、身を強ばらせる。それでも、優しく吸ってあげると、からだから緊張が抜けた。ほころんだ唇の隙間から、温かな吐息がこぼれる。

これなら大丈夫かと舌を差し入れると、抵抗なく受け入れてくれた。

くちづけを交わしたまま、圭介は女体に手を這わせた。Tシャツの上からおっぱいを揉み、乳首を摘まむ。

彼女は切なげに息をはずませ、ペニスを握った。目のくらむ快さに、腰がブルッと震える。

キスをしながらの親密なスキンシップは、まさに恋人同士の気分だ。圭介は天にも昇る心地で、女子大生の吐息と唾を貪欲に味わった。ふたりの口許がベトベトに濡れるまで。

「ふはっ」

唇をはずし、ふたり同時に大きく息をつく。トロンとした目で奈央に見つめられ、情愛がいっそうふくれあがる心地がした。

「可愛いよ」

気障《きざ》ったらしい台詞が、自然と口から溢れる。異性に対して腰が引けていた、ほんの昨日までの自分が嘘のよう。

「やん」

恥ずかしがった彼女が、手にした強ばりをゆるゆると摩擦する。

「すごく硬いですよ、これ」

そう言って、ちょっとだけ迷いを浮かべると、決意を固めたふうにうなずいた。

「中野さん、わたしとエッチしたいですか？」

ストレートな問いかけに、圭介は動揺した。けれど、そうなったらいいと願っていたのである。

(この子だって、きっと最初からそのつもりだったんだ)

もしかしたら、同衾すると決めたときからすでに。だからこそ、寝起きの牡器官に触れ、ブリーフまで脱がせたのだろう。

「うん……したい」

正直な気持ちを伝えると、奈央がはにかんだ微笑を浮かべた。

「いいですよ」

返答を耳にするなり、圭介は彼女に身を重ねた。気が変わらないうちにという思いもあったし、急《せ》かすようにペニスを引っ張られたためもあった。

奈央が両膝を立てて牡腰を迎える。硬く反り返るシンボルを、中心へと導いた。尖端を濡れミゾにあてがい、上下に動かして愛液をまぶす。

(おれ、いよいよセックスするんだ)

未紗ともしたのかもしれないが、記憶に残っていない。よって、今日が本当の初体験と言える。

「ここに……」

短く告げられ、コクッとナマ唾を呑む。すぐにでも挿《い》れたかったが、まずは落ち着くよう自らに言い聞かせた。

(すぐにイッちゃったら、元も子もないからな)

目が覚めてから勃起しっぱなしで、昂奮が著しい。気持ちよさに堪えきれず、早々に爆発する恐れがあった。

そうなるまいと気を引き締め、そろそろと腰を沈める。

「あ、あ――」

奈央が悩ましげに眉根を寄せる。温かな潤みに亀頭がもぐり込み、段差が狭まりをぬぷりと乗り越えた。

「あふっ」

喘ぎを吐き出し、女子大生がのけ反る。筒肉に巻きつけていた指をほどき、男の二の腕に両手で摑まった。

「き、来て」

せがまれるままに、圭介は残り部分をずむずむと侵入させた。

「おお」

思わず声が出る。ヌルヌルしたヒダがまといつき、ペニスをこすったのだ。経験したことのない気持ちよさに腰がわななき、目の奥が絞られる感覚があった。

それでも、幸いなことに射精を回避して、根元まで女体の中に入り込む。

「くぅーん」

受け入れた奈央が、子犬みたいに啼《な》く。両脚を掲げ、逃がすまいとするかのように、圭介の腰に絡みつけた。

（入った……）

彼女とひとつになれた感激が胸に満ちる。願っていた素面でのセックスを、とうとう体験したのだ。ぴっちりと包み込まれるのも快《こころよ》いが、肉体的なもの以上に、精神的な満足感が大きかった。

（これで確実に、おれは童貞じゃなくなったんだ）

男になれたと、大威張りで主張できる。しかも相手はチャーミングな、年下の女子大生なのだ。

とは言え、二十六歳で初体験を遂げたなんて、誰にも言えない。

「中野さんの、すごくおっきい」

つぶやくように言って、奈央が腰を小さくくねらせる。蜜穴全体が、肉根をキュッと締めつけた。

「そ、そう？」

「うん……中にいっぱい詰まってる感じ」

体格に差があるせいで、圭介のモノがより大きいと感じられるのではないか。

それでも、性器が立派だと褒められれば悪い気はしない。未紗にも大きいと言われたし、もっと自信を持ってもよさそうだ。

圭介が陰茎サイズを誇っていなかったのは、単純に己の体型との比較で、その部分を見ていたからである。それだと普通にしか映らず、女性たちの言葉にピンとこないところがあった。

「痛くない？」

気遣うと、奈央が首を横に振る。

「ううん。中でオチンチンが脈打つのがわかって、いい感じです」

恥じらいの眼差しで告げられ、胸が高鳴る。彼女がますます好きになった。

快いのは圭介も一緒だった。柔らかくて温かなものが、ペニス全体を包んでいる。刺激としては手でしごかれるほうが気持ちいいが、異性との一体感が悦びを高めてくれるようだ。

ゆったり気分で快感にひたっていると、奈央が焦《じ》れったげに見つめてきた。

「どうしたんですか？」

質問されてきょとんとなる。

「え、何が？」

「動いてもいいんですよ」

どこか物欲しげだったから、ピストン運動で感じさせてほしいのかもしれない。

圭介がじっとしていたのは、どう動けばいいのかわからなかったからだ。腰を振ると頭ではわかっていても、ヘタに動いたら分身が抜けそうな気がした。

さりとて、セックス初心者だなんて、今さら打ち明けられない。

「浅谷さんの中が気持ちよくて、すぐにイッちゃいそうなんだ」

咄嗟に出た弁明は、かえってみっともなかったであろう。経験が浅いと告白したにも等しい。しかし、奈央はそんなふうに思わなかったようだ。

「そ、そんなことないです」

単純に、具合のよさを褒められたと受け止めたらしい。頬を赤らめ、目を泳がせる。

「いいですよ」

と、口ごもるように告げた。

「え、いいって？」

「わたしの中でイッちゃっても」

「ほ、本当に？」

「はい。たぶん、明日ぐらいに生理が来るから」

そう言ってから、恨みがましげな眼差しを向けてくる。

「だからアソコも、すごくニオったのに……」

生理前には、性器臭が強くなるらしい。なるほどと、圭介は感心した。

「じゃあ、動くよ」

とりあえず、腰をそろそろと引く。どのぐらいなのか加減がわからず、ほんの二センチほど後退しただけで、慌てて戻した。

「あん」

奈央が色めいた声をあげる。これでいいのかなと、圭介は小刻みなピストンを続けた。ひこひこと、腰を覚束《おぼつか》なく前後させて。

それでも、徐々にコツが摑めて、ストロークの幅が大きくなる。こすれ合う性器が、ぬちゅっと粘っこい音をこぼした。

「あ、あ、あん、ああっ」

喘ぎ声がはずみ、いよいよ本格的な交わりの様相を呈してくる。ふたりともTシャツを着て、下半身のみを脱いでいるから、いかにも欲望のまま行為に及んだふう。

五分と経たず、圭介は早くも疲れを覚えた。体力には自信があったのに、腰と腿がかなりつらかった。それから、上半身を支える腕も。

(セックスって、けっこう大変なんだな)

全身に汗が滲んでいる。思った以上にからだを酷使するのだと、体験して初めて理解した。アダルトビデオでは、男優がたやすそうに女優をよがらせていたが、あれはけっこう重労働のようだ。

そして、もうひとつ気づいたことがあった。

（あれ、まだイキそうにないぞ）

挿入前、早々に洩らすことのないよう気を引き締めた。なのに、忍耐を振り絞る必要などなく、抽送《ちゅうそう》を続けられている。

快いのは確かである。ところが、あるところまで高まると、そこで上昇がストップするのだ。中が気持ちよくてイッちゃいそうだなんて言ったのに、いつまでも終わらなかったら、嘘だったのかと疑われてしまう。

（まずいぞ……）

圭介は焦った。なかなか昇りつめない理由がわかったからだ。ずばり、オナニーのしすぎである。

過度の自慰行為によって、ペニスを強く刺激しないと射精できない男が増えていると、雑誌の記事で読んだことがあった。無修正の即物的なセックス動画をオカズにすることも、イマジネーションを衰退させ、悪影響を及ぼすのだとか。

未紗との一夜以来、圭介は真っ当な初体験を夢見て、自家発電に励んできた。無修正動画こそあまり視なかったが、握力は強いほうだし、イチモツをかなり乱暴にしごいた。そのせいで、膣《ちつ》の摩擦では満足できないカラダになってしまったらしい。

とは言え、突破口がないわけではない。

(あれをするしかないのか……)

オナニーのときですら、圭介はなかなかイケないことがあった。そんなとき、ある方法で頂上に達したのである。

「浅谷さ――奈央ちゃんの中、すごく気持ちいいよ」

情熱的に告げるなり、彼女の肩がピクッと震える。それまで単調な喘ぎ声をこぼしていたのが、「いやぁ」と色めいた反応を見せた。

「すごくいい。最高だよ」

興に乗って肉体を褒め称え、ハッハッと息づかいを荒くする。半分演技だったにもかかわらず、気分と快感が高まるのがわかった。

「や、やん、言わないでぇ」

恥じらいながらも、奈央が身を切なげにくねらせる。

オナニーのときに声を出すと早くイケる。これが圭介の発見した遅漏《ちろう》克服術だ。

自分がどれだけ感じているのか、口にすることで気分が高まり、快感曲線が上昇するのである。実家住まいの身ゆえ、他に家族がいないときにしか使えない手淫、もとい、手法であったが。

今もまた上昇の機運を捉え、これならいけると確信する。

「ああ、おれ、最高に幸せだ。奈央ちゃんみたいに可愛い子とエッチできるなんて」

「ば、バカ……ああん、わ、わたしも感じる」

「おれもいいよ。奈央ちゃんも、もっとよくなって」

「うん、うん。あ、それいい。もっとぉ」

奈央の声も大きくなる。圭介と同じく、情感が高まっているふうだ。

アダルトビデオの女優が派手によがるのは、快感を後押しするためかもしれない。

そんなことをチラッと考えたとき、頂上が迫ってくるのを感じた。

「な、奈央ちゃん、おれ、イキそうだよ」

「いいわ。わ、わたしも──」

「ああ、イクよ。中に出すよ」

「うん、出して。中にいっぱい出してぇ」

淫らな呼びかけが引き金となり、オルガスムスの波に巻かれる。

「おおお、な、奈央ちゃん」

「あ、あ、イクっ、イクッ、くぅうううう」

ガクンガクンと波打つ女体の奥に、圭介は熱い樹液をほとばしらせた。オナニーでの射精とは比べものにならない、深い満足感に包まれて。

(これがセックスなのか！)

嵐が去り、室内に静寂が戻る。聞こえるのは、男と女の息づかいのみだ。

ふたりは身を重ねたまま、間もなく眠りに落ちた——。

目を覚ますと、窓の外はすっかり明るくなっていた。

(……今、何時だろう)

完全には覚醒していない頭で、ぼんやりと考える。腕の中では、奈央がすーすーと気持ちよさげな寝息をたてていた。

(おれ、この子とセックスしたんだ)

実感がこみ上げ、ニヤけてしまう。そっと手をのばし、横臥《おうが》した彼女のぷりぷりしたおしりを撫でた。

昨晩、たっぷりと射精したにもかかわらず、分身は隆々と復活を遂げている。ナマ乾きの愛液とザーメンでベタつくそれを、奈央が握っていた。

セックスのあと、そのまま眠ったはずが、ふたりの上には毛布が掛かっている。奈央が一度目を覚まし、毛布を掛けてペニスを弄《もてあそ》んでいるうちに、再び眠ったのか。

愛しさに駆られ、くちづけをしたくなる。しかし、起こすのも可哀想だ。

どうしようかと迷っていたとき、部屋のドアをノックされた。

「浅谷さん、いらっしゃいますか？　トキワ不動産です」

男の声である。このアパートを斡旋した不動産屋のようだ。

「ちょっと、奈央ちゃん」

圭介は焦って彼女を揺り起こした。

「……え、なに？」

寝ぼけ眼《まなこ》で訊ねた奈央であったが、

「浅谷さん、トキワ不動産です」

外からの声で、一気に目が冴えたらしい。

「あ、はーい」

返事をして飛び起きる。自身がTシャツ一枚なのに気がつくと、ノーパンのままそばに落ちていたジーンズを穿いた。

彼女が玄関に向かい、圭介も仕方なく起きた。身繕いをしながらシーツを確認すると、激しい行為の痕跡であるシワと、体液のシミが認められた。

（これ、洗わなくっちゃな）

洗濯機がないから、手洗いするしかないのか。いや、コインランドリーがいいなと考えたとき、玄関でのやりとりが耳に入った。

「――あの、ここって事故物件なんですか？」

奈央の声だ。おそらく不動産屋は、新居の住み心地を確認するために訪れたのだろう。この機会にと、気になっていたことを訊ねたらしい。

「いえ、違いますよ」

あっさり否定されても、彼女は納得しなかった。

「でも、友達に教えられたんです。このアパートで、首を吊った女性がいるって。それに、中も綺麗にリフォームされていて、そのわりに家賃が安いし」

「ああ、なるほど」

そういうことかという口振りで、不動産屋が相槌《あいづち》を打つ。それから、まったくの誤解であることを説明した。

「実は、この部屋を前に借りていたのが若い男性で、家賃の滞納こそなかったんですが、部屋の使い方にかなり問題があったんです」

なんでも、友人を呼んで夜中まで騒ぐのは日常のこと。乱暴な振る舞いで壁や床を破損させたのみならず、浴室やトイレも詰まらせたりカビだらけにしたりと、全面改装しないと次に貸せないほどの有り様だったという。

「それで大家さんも懲《こ》りて、次に貸すのは女性にしてほしいと要望があったんです。ただ、一階だと女性は避ける傾向がありますし、転居のシーズンでもありませんので、家賃のほうはかなり下げさせていただいたんです」

「だけど、蛍光灯がいきなり切れたんですけど」

「え、そうでしたか。申し訳ありません。照明は新しくしたのですが、ランプは前のものを流用しましたので、寿命が来ていたのかもしれませんね。さっそく新しいものをお届けします」

理由を聞かせられ、圭介はなんだと拍子抜けした。奈央も同じ心境だったようで、部屋に戻ってくるなり肩をすくめた。

「今の話、聞こえてました？」

「ああ、うん」

「事故物件じゃなかったみたいです」

「てことは、友達に担《かつ》がれたんじゃないの？」

「ええ、たぶん。あとでとっちめてあげなくちゃ」

憤慨の面持ちを見せた彼女が、不意に顔色を変える。

「で、でも、ゆうべヘンな声が」

女のすすり泣きが聞こえたのを思い出したようだ。しかし、それならいくらでも説明ができる。

「たぶん、おれたちと同じことをしてた住人がいたんじゃないのかな」

「え、同じこと？」

「だから、おれたちみたいに抱き合ってさ」

奈央の顔がみるみる赤くなる。

「どこの部屋かはわからないけど、奈央ちゃんみたいに感じまくった女の子が、いやらしい声をあげてたのかもよ」

「バカ、エッチ！」

圭介は可愛い拳でポカポカと殴られた。

2

奈央とのめくるめくひとときを経験し、圭介が改めたことがある。オナニーだ。セックスでの射精が困難になる方法を禁じたのである。

まず、ネット通販でオナニー用のホール、通称オナホを買い求めた。レビューを吟《ぎん》味《み》し、なるべく挿入感の緩いものを。

それを使うときには、ローションをたっぷりと注ぎ込む。勃起したペニスを挿入したら、強く握らずにゆるゆると動かした。

オカズも空想をメインとする。行為に及ぶ前に、ビデオなどを視聴して昂奮を高めても、いざとなったら瞼を閉じて、自らが性愛行為に及ぶ場面を思い浮かべながら、快楽に耽った。

もちろん相手は奈央である。家に誰もいなければ、声も出して気分を高めた。

すべては、次に彼女とセックスをするためにであった。連絡先も交換していたし、圭介はいつでもＯＫの心づもりでいた。

しかしながら、奈央は大学四年生である。就活に卒論とただでさえ忙しいのに加え、アルバイトの掛け持ちまでしているのだ。プライベートを愉しむ余裕などなさそうで、スマホのアプリで交わすメッセージにも、大変な日常が短い言葉で綴られていた。

そうなると、こちらからの誘いは遠慮しなければならない。

部屋に来てというメッセージがいつか届くのを、圭介は心待ちにした。だが、そんな気配は微塵もなく、時間だけが虚《むな》しく過ぎる。あれから半月も経っていないのに、彼女としたい気持ちが高まりすぎて、一日が数日にも感じられた。

そうやって何もない日々を送っていると、懸念が生じてくる。圭介は奈央と恋人同士になったつもりでいたが、彼女はそんなふうに思っていないのではないか。それこそ、一夜限りの男だと捉えているかもしれない。

考えてみれば、告白などしていないのである。好きになった、付き合いたいと告げていたら、奈央だってしかるべき対応をしてくれたのではないか。アプリでの会話も友人同士のやりとりみたいで、色めいた言葉は皆無であった。

(ひょっとして、あれがまずかったのかも)

洗っていない性器に口をつけられたのを、実のところ彼女は根に持っていて、抱き合うのは二度と御免だと思っているのではないか。

そんなことを考えて不安に駆られつつ、今さら本心など確かめられない。付き合う気はさらさらないと言われるのが怖かったのだ。

かくして、中途半端な気持ちを持て余す圭介であったが、仕事はおろそかにできない。幸いにも引越しの依頼は順調で、今日も電話が掛かってきた。

『あの、引越しを考えているんですけど、見積をお願いできますでしょうか』

女性の声だった。落ち着いた雰囲気からして、三十代以上ではあるまいか。急いでいると言われて、圭介はその日の午後、さっそく訪れることにした。

そこは隣県との境に近い住宅地の、低層マンションであった。部屋はすべて単身用らしい。入り口のセキュリティーは見当たらず、家賃も安いのではないか。

圭介のところに引越しを依頼するのは、大方そういうところに住むひとたちなのだ。金銭的に余裕があるのなら、大手の業者に頼むであろう。

依頼者の部屋は二階である。エレベータもあったが階段を上がり、二階のフロアに着いたところで、マンションの住人と出くわした。

すぐ手前の部屋から出てきたのは金髪の、いかにも今風というか、悪く言えばチャラついた感じの若い男だった。圭介を見るなりギョッとしたふうに目を見開いたのは、長身と強面に怯んだためであろう。作業着姿もチンピラふうに映ったかもしれない。

（あ、サングラスもか）

運転するときに使う偏光グラスを、掛けっぱなしだったことに気がつく。そのせいで、ますますヤバい職業の人間に思われたらしい。

彼は戸締まりをすると、そそくさとその場を立ち去った。

(色んな住人がいるマンションみたいだな)

奈央が入居した部屋を荒らしたという前の住人も、ああいうチャラチャラした若者だったに違いない。と、いささか偏見じみたことを考える。

依頼者の部屋は、立ち去った男の隣であった。プレートの「武藤《むとう》」という苗字を確認し、サングラスをはずしてから呼び鈴を押すと、間を置かずにドアが開けられる。

「え?」

対面するなり表情を強ばらせたのは、三十代半ばと思しき女性であった。彼女もまた、圭介の外見に驚いたようだ。

(ま、いいけどさ)

そういう反応は慣れっこだ。とは言え、傷つかないと言えば嘘になる。

「ナカノ運送です。引越しの見積に参りました」

用件を告げると、依頼者の女性は安堵の面持ちを見せた。

「ああ、わざわざありがとうございます。どうぞ」

招き入れられ、圭介は中に入った。

奥の部屋に入る前に、まずはダイニングキッチンで依頼書を書いてもらう。現住所や電話番号、引越し先などの必要な情報を知るためのもので、最近取り入れたのだ。

女性が食卓でボールペンを走らせるあいだ、圭介は目につく家財道具を確認した。他に食器棚と冷蔵庫があり、どちらもひとり暮らし用と思しき小さなものだ。

(独身みたいだな)

和風の面差しが涼しげな、いかにも上品そうな美女だ。書類を記入しながら髪をかき上げるしぐさにも、色気が感じられる。結婚していても不思議ではないが、左手の薬指に指輪がなかった。

ちょっと気になることがあった。食器棚の脇に段ボール箱があり、蓋《ふた》が半分開いた中に、取り出していないお皿が見えたのだ。棚のスペースも半分以上が空いている。

前のところから越してきて、まだ荷解きが済んでいないのか。ずぼらなひとには見えないし、ここに住んでまだ日が浅いようである。

なのに、どうしてまた引越しをするのだろう。

「これでいいかしら？」

女性に声をかけられ、圭介は我に返った。

「あ、拝見いたします」

依頼書を受け取り、最初の氏名欄で首をかしげる。「田島知佳子《たじまちかこ》」と書かれていたからだ。

「あの、武藤さんですよね？」

確認すると、彼女がきょとんとした顔を見せる。それから「あっ」と声を上げ、圭
介から書類を奪い返した。

「ごめんなさい。田島は結婚してたときの姓なの」

弁明して苗字を二本線で消し、「武藤」と書き直す。

(結婚してたとき……てことは、離婚して旧姓に戻ったのか)

結婚していても不思議ではないと考えたのは、間違っていなかったのだ。すでに別
れていたというのは、予想外だったけれど。

彼女――知佳子は依頼書を返すと、バツが悪そうに苦笑した。

「独身に戻ったのに、まだ結婚してたときのクセが抜けてなかったみたい。別れてせ
いせいしてたはずなのにね」

などと言われても、圭介は「はあ」と相槌を打つので精一杯だった。

「こちらに住まわれて、どのぐらい経つんですか？」

「ええと、二週間ぐらいかしら」

そんなすぐに出ていくということは、余っ程不都合なことがあったのか。

（ひょっとして、事故物件だとわかったとか）

奈央のところも、その疑惑があったのだ。結局、間違いだと判明したけれど。

ともあれ、どこに移るのかと転居先を見れば、そこは空欄になっていた。

「あの、引越し先は？」

訊ねると、知佳子が申し訳なさそうに肩をすぼめる。

「実は、まだ決まってないの」

「え？」

「当分、友達のところに泊めてもらうつもりなんだけど、次が決まるまでのあいだ、荷物をあずかってもらえないかしら」

理解に苦しむ頼み事に、圭介は困惑した。とにかく、一刻も早くこの部屋を出たいらしい。

（マジで事故物件で、幽霊が出るから住んでいられないってことなんだろうか）

しかし、それは考えすぎだった。彼女に打ち明けられた顚末《てんまつ》はもっと現実的で、今日的な問題も孕《はら》んでいたのである――。

知佳子がここへ引越してきた、その晩のこと。浮気グセのあった夫とようやく離婚が成立し、疲れが溜まっていたためもあって、早めにベッドに入った。

夜中になって、隣室からの声で彼女は目を覚ました。いや、声なんてなま易《やさ》しいものではない。明らかな騒音であった。

それまでは静かだったから、どうやら深夜に帰宅し、しかも友人を連れ込んだらしい。声高な話し声や笑い声、手を叩く音などが明け方近くまで続いた。おかげで、知佳子はまんじりともせず夜を明かした。

ようやく静かになって眠りに就き、次に起きたのはお昼前だった。初日から酷《ひど》い目に遭ったと思いつつ、たまたま昨晩は、隣の住人が旧友にでも会って羽目を外したのだろうと、寛大な気持ちでやり過ごすことにした。

ところが、そんなことが毎晩続いたのである。

三日目の晩、知佳子はいよいよ我慢ならなくなって、賑やかな声が洩れる隣室の呼び鈴を鳴らした。何回ボタンを押しても出てこないので、ドアをドンドンと叩いたところ、ようやく金髪の若い男が現れた。

「夜中にドアを叩くなよ。近所迷惑だろ」

男は知佳子の顔を見るなり、悪びれることなく言い放った。

「近所迷惑なのはそっちでしょ。夜中なんですから、静かにしてください」

強い口調で注意すると、彼が「チッ」と忌《い》ま忌《い》ましげに舌打ちをする。

「せっかく楽しんでるのに、邪魔すんなよ」

見下した態度で言い、ドアをバタンと閉める。知佳子は啞然として立ち尽くした。

「おい、誰だよ」

「知らねえ。ヘンなババアだよ」

そんなやりとりが中から聞こえ、悔しさと怒りで涙が溢れる。もう一度ノックをしようとしたが、結局諦めた。あの若者は、何を言っても聞くまいと悟ったのだ。

その晩の騒音は、当てつけるみたいに酷かった。おそらくわざとだろう、壁もドンと叩かれてドキッとした。

どうしてあんな素行の悪い住人の隣になったのか。知佳子は自らの境遇を嘆くしかなかった。元カノと結婚後も関係を続けたばかりか、会社の部下にも手を出した夫といい、どうも男運に恵まれていないようだ。

翌日、知佳子は不動産屋に苦情を持ち込んだ。ベテランらしき社員がまたかという顔をしたから、前の住人も騒音に悩まされ、挙げ句転居したのではないか。

若者の部屋は階段の脇で、隣接しているのは知佳子の部屋だけである。廊下のほうには騒音がさほど洩れておらず、他の部屋からの苦情はないらしい。不動産屋の社員は注意しておきますと言ったが、改善は期待できそうになかった。

それでも、いちおう彼には注意がいったらしい。そのせいで、知佳子は逆恨みされることになった。

廊下で顔を合わせるなり、

「余計なことすんじゃねえよ」

と凄まれる。夜中の騒音は変わらずで、注意しようと廊下に出るとぴたっと収まる。わざと怒らせて、面白がっているのだ。

ドアの郵便受けからゴキブリのオモチャを入れられ、悲鳴を上げたこともあった。さらに、ドアに『死ね』とか『ブス』と書かれた貼り紙もされた。隣室の若者がやったという証拠はないが、他にそんな悪さをする人間など考えられない。

騒音ばかりか嫌がらせもされ、知佳子は精神的にも疲弊した。結婚生活が破綻してまいっていたところに、追い討ちをかけられたようなものだ。

そのため、もうこんなところにはいられないと、引越しを決意したのである。

3

（酷すぎるな……）

知佳子の話を聞いて、圭介は腹の虫が治まらなかった。ここへ来たときに出くわした若い男を思い出し、あいつがそうなのかと考えて怒りに身が震える。女性だからと軽く見て、調子に乗っているのだろう。

そう言えば、この部屋のドアに、紙を剝《は》がした跡らしきものがあったのだ。あれが悪質な貼り紙の名残らしい。そんなことまでされては、とても住み続けられまい。

圭介は奥の八畳間に通された。ベッドが部屋の中央にあるのは、隣の壁から少しでも離れようとしてなのか。荷解きをしていない段ボール箱がいくつもあるのは、嫌がらせをされて、定住する気持ちが失せていたせいもあるようだ。

ベッドに腰掛け、知佳子は疲れた顔を見せている。話したことで負の感情がぶり返し、すっかり嫌気が差したというふうに。

次の住まいも決まっていないのに、引越しの見積を依頼したのは、それだけ追い詰められているからなのだ。退去の手続きも後回しにしていると言った。

ここは是非とも彼女を助けてあげたい。引越してしまったら、敵の思う壺だ。きっちりと反省させ、できれば向こうが退去するように仕向けたい。

こちらも商売であり、言われるままに引越しを請け負えばいいのである。荷物を預かるのも倉庫があるから可能だし、追加料金だってもらえる。

しかし、それでは圭介の気が済まなかった。

そのとき、隣室の住人が帰ってきた物音がした。途端に、知佳子の表情が暗く沈む。二度と関わりたくないと、顔に書いてあった。

「あの、おれに任せていただけませんか？」

思い切って申し出ると、彼女が戸惑いを浮かべる。

「え、任せるって？」

「隣のヤツに、ちょっと注意してみます」

知佳子は何も言わなかった。特に期待もしていない様子だ。引越すのだから、どうなってもかまわないと捨て鉢《ばち》になっているのか。

圭介は部屋を出ると、隣室のドアの前に立った。サングラスを掛け、呼び鈴のボタンを押す。防犯用のレンズを指で塞《ふさ》いだのは、居留守を使われないためだ。

（さっきの感じからして、おれを見ただけでビビりそうだものな）

圭介は脅しを掛けるつもりでいた。自身の見た目を最大限に利用して。

実際のところ、ハートはガラスのように脆《もろ》いから、ビビりまくっていたのである。

もしも反撃されたらどうしようと。

だが、気の毒な女性のために、ここは勇気を振り絞るしかない。

ドアの内側に気配がある。誰が来たのかと、若者が様子を窺っているらしい。隣の女性には強く出られても、てんで度胸などなさそうだ。

圭介はもう一度呼び鈴のボタンを押した。すると、ロックが外される音がして、ノブがゆっくりと回る。

その機会を逃さず、圭介はドアをいきなり開けた。

「わっ」

若者が声を上げ、後ずさりをする。圭介は素早く中に入ると、後ろ手でドアを閉めた。他の住人に見つかって、通報などされないように。

「な、なな、何だよ」

若者は床に尻餅をつき、こちらを見あげて声を震わせる。完全に腰が引けていると見なし、圭介は気が楽になった。

「おれの女が、ずいぶん世話になったそうだな」

精一杯ドスを利かせた声で告げると、若者の顔色が変わる。

「お、女って――」

「隣の女だよ」

これに、彼は泣き出しそうに顔を歪めた。ヤバい後ろ盾のいる女性にちょっかいを出していたのだと、激しく後悔しているのが窺える。

「お前、調子に乗るんじゃねえぞ。いい年をして、ひと様に迷惑をかけちゃならねえってこともわからねえのか」

「そ、そんなこと……ありません」

「だったら、これからどうするんだよ？」

「すみません。もう迷惑はかけません。夜中に騒いだりしません！」

若者が正座し、ペコペコと頭を下げる。圭介は駄目押しで注文をつけた。

「それだけじゃねえだろ」

「え？」

「ドアのところ、紙を貼った跡があるんだが、あれはどうするんだ？」

「も、もちろん、ちゃんと綺麗にいたします」

やはり貼り紙は、こいつの仕業だったのだ。おそらくゴキブリのオモチャも。

しかし、細かいことはどうでもいい。ボロが出ないうちに退散せねばと、圭介は話を終わらせることにした。

「じゃあ、しっかりやっとけよ」

言い置いて、若者の部屋を出る。最後のおまけに、ドアを勢いよく閉めてやった。

途端に、膝がガクガクと震える。心臓が壊れそうに高鳴った。

（うまくいった……）

へたばりそうになるのを堪え、知佳子の部屋に戻る。彼女は玄関で待っていた。

「すみません。ありがとうございました」

感激の面持ちで頭を下げる。隣のやりとりに聞き耳を立てていたのではないか。

「シー」

圭介は鼻先に人差し指を立てた。芝居であったと、若者にバレたらまずいのだ。

「あ……」

知佳子も気がついて口をつぐむ。それから、圭介を奥の部屋に招いた。

「本当にありがとうございました」

声をひそめ、改めてお礼を述べた彼女に、圭介は「いいえ」とかぶりを振った。

「こちらこそ、出過ぎた真似をして申し訳ありません。ああいう身勝手なヤツが許せなかったもので、つい」

「いいえ。おかげで助かりました」

「これに懲りて、あいつもおとなしくなると思います。また図に乗るようなことがあったら、いつでも連絡してください」

「わかりました。あ、でも」

知佳子がモジモジする。何かまずいことでもあるのかと、圭介は焦った。

「え、何か?」

「あの……さっき、隣の男に言ってましたよね。おれの女が世話になったとか」

やはり聞いていたのだ。圭介は狼狽した。

「あ、あれは、言葉のあやというか」

弁明しようとして、しどろもどろになる。勝手に関係があるように装われ、気分を害したのかと思ったのだ。

しかし、そうではなかった。

「言ったとおりだと証明しておかないと、あとで怪しまれるかもしれません」

「え、証明って?」

「だから、わたしがあなたの女だってこと」

そう言って、彼女が服を脱ぎだしたものだから、圭介は固まった。

(な、何を──!?)

バツイチ美女が、たちまち下着姿になる。着痩せするのか、メリハリのあるボディはブラもパンティも窮屈そうだ。セクシーな眺めに、ますます言葉を失う。

そのくせ、股間の分身は反応していなかった。あまりに唐突で、気持ちが追いついていなかったからだ。

「ねえ、来て」

知佳子に腕を引っ張られ、圭介は抵抗もできず従った。つれていかれたところは、洗面所と洗濯場も兼ねた脱衣所であった。

「さ、脱いで」

言われても動けずにいると、作業着のボタンを外される。上着を脱がされると、ズボンにも手をかけられた。

そこに至ってようやく、彼女の意図を察する。

(おれとセックスするつもりなのか?)

おそらく派手なよがり声を上げて、隣の男に聞かせるつもりなのだ。そうすれば、自分はあの男の情婦だと、確実に信じるはずだと。

もっとも、本当に交わると決まったわけではない。どうせ見られる心配はないから、していているフリだけで充分のはず。だが、演技なら脱ぐ必要はないのだ。

などと考えているあいだに、圭介はブリーフもソックスも奪われ、素っ裸になった。

もちろん脱がされると同時に、ペニスは両手で隠した。

「立派なカラダをしてるのね」

嬉しそうに目を細めた知佳子が、両手を背中に回す。ブラのホックをはずし、カップがふくらみから浮きあがった。

たふん——。

手に余りそうな乳房が、上下にはずんであらわになる。大きめの乳暈《にゅううん》は淡い色合いで、中心の突起も目立たない。ヌードグラビアではあまり見ないタイプのおっぱいゆえ、妙に生々しい。白い肌に静脈が透けているのもエロチックだ。

彼女は少しもためらわず、最後の一枚も脱ぎおろした。下腹の繁みは薄く、けっこう濃かった奈央のそこと、つい比較してしまう。

「さ、シャワーを浴びましょ」

磨《す》りガラスの折り戸を開ければ、そちらが浴室だ。洗い場は狭く、浴槽もひとりしか入れない大きさだった。そのため、成熟した女体のかぐわしさが色濃く漂う。

　圭介は思わず鼻を蠢《うごめ》かせた。顔のすぐ下に知佳子の頭があって、シャンプーの甘い残り香も嗅ぐことができる。身長差があるからこその利点だ。

　彼女がシャワーヘッドを手にし、お湯を出す。勢いのある水流が床を叩き、湯気が立ちのぼった。

（あ、もったいない）

　圭介は残念がった。このままふたりともシャワーを浴びたら、素敵な匂いが消えてしまうからだ。奈央の洗っていない性器と接して以来、女性の有りのままのフレグランスに興味津々《しんしん》だったのである。

　だからと言って、洗うのは自分だけにしてほしいなんて言えるはずがない。せめてざっと流すぐらいにしてくれないかなと、浅ましい願いを抱いていると、

「手をはずしてちょうだい」

　知佳子に命じられる。

　会ったばかりの女性にペニスを見られるのは、さすがに恥ずかしい。けれど、彼女はそこを洗ってくれるつもりのようだし、さらにイイコトもしてくれそうだ。

（おれのは立派だって、豊島先輩も奈央ちゃんも言ったじゃないか。自信持てよ）

　自らを鼓舞して、股間の手をどける。だらりと垂れ下がった秘茎があらわになった。

「あら、まだ勃《た》ってなかったの？」

ヌードを見せたのにどうしてと言いたげに、知佳子が肩を落とす。圭介はそんなことよりも、自慰のやり過ぎで伸びきった包皮が、亀頭の大部分を隠していることのほうが恥ずかしかった。

（ていうか、武藤さん、なんだか性格が変わってないか？）

控え目で品のある美女というのが、彼女に対する第一印象だった。隣の若者に嫌がらせをされて怯えていたはずが、今では堂々と振る舞っている。不安が消えて、本来の自分を取り戻したとでもいうのか。

「うう」

分身に強めの水流をかけられ、圭介は腰を引いて呻いた。刺激を受けて、海綿体に血液が流れ込むのを感じる。

さらに、しなやかな指が筒肉に添えられ、余り気味の皮をつるりと翻転《ほんてん》させた。

「あうっ」

ちょっとさわられただけなのに、目のくらむ悦びで膝がガクガクする。おかげで、肉根が急速膨張した。

「え、え？　ウソ」

知佳子が驚いて目を瞠る。彼女の指をはじかんばかりの勢いで、牡器官は隆々と天を仰いだのだ。

「すごく元気なのね」

かたち良い唇の端に笑みが浮かぶ。肉胴の漲り具合を確認してから、

「大きいわ……それに、すごく硬い」

彼女がほうとため息をついた。

「ねえ、あなたって、まだ若いのよね？」

「ええ、まあ」

「いくつ？」

「二十六です」

「じゃあ、わたしと九つも違うのね」

では、知佳子は三十五歳なのか。三十代半ばという見立ては合っていたようだ。

もっとも、脱いだからわかったのであるが、肌はきめ細やかで若々しい。乳房も張りがあって、ほとんど垂れていなかった。肉体は二十代でも通用するのではないか。

それでいて、全身から匂い立つ色気に、元人妻であることを実感する。

「ひょっとして、わたしみたいなオバさんなんかとシタくない？」

知佳子が落ち込んだ面持ちを見せる。年齢を聞いて年の差を意識したのか。

「い、いえ、そんなことありません」

圭介は即座に否定した。せっかく勃起したのにここで中断されたら、たまったものではない。

「武藤さんは、まだまだお若いです。それに、とっても魅力的です。だいたい、したくなかったら、そこだって大きくならないですよ」

肉体の反応が何よりの証拠とばかりに、秘茎を脈打たせる。これに、彼女はすっかり気をよくしたようだ。

「ふふ、ありがと」

艶っぽい笑みをこぼすとシャワーを止め、手にボディソープを取る。ヌルヌルした液体を屹立に塗りつけ、両手を使って泡立てた。

「むふふぅ」

腰がわななくほどの快感を与えられ、圭介はその場に坐り込みそうであった。どうにか堪えて足を踏ん張っても、敏感なくびれを指の輪でくちくちとこすり上げられ、せっかくの忍耐が役立たずにされる。

刺激の弱いオナニーでイク習慣をつけていたから、シャボンのヌメりを利用しての緩やかな摩擦は、好みにどんぴしゃりであった。おかげで、限界が迫ってくる。

（こんなにイキやすくなってたなんて——）

効果てきめんだったなと、感心している場合ではない。

危うくなったのは、元人妻の愛撫が巧みだったせいもある。感じるポイントを的確に刺激するし、陰囊《いんのう》も包み込むように持ち上げて、手の中で転がしてくれた。経験の乏しい圭介は、手玉に取られるにも等しかったろう。

「そ、そんなにされたら出ちゃいます」

観念して声を震わせると、彼女が目を丸くした。

「え、もう？」

心底驚いたという顔をされ、居たたまれなくなる。

「まあ、まだ若いんだし、仕方ないわね」

知佳子はうなずくと、そそり立つモノを握り直した。

「いいわよ。出しちゃいなさい」

そう言って、筒肉をリズミカルにしごき出す。頂上へ導くつもりなのは明らかだ。

「で、でも」

募る快美感に抗って腰をよじると、色っぽい目が見あげてきた。

「一回出したら終わりじゃないでしょ？　まだできるわよね」

つまり、射精して落ち着いたら、改めて続きをということなのだ。

圭介には懸念があった。未紗とのとき、バスルームでフェラチオをされてイッたあと、ベッドに戻ってもエレクトしなかったのだ。

ただ、あのときは何もかも初めてで緊張していた。アソコを見せてと要望を伝えることもできず、不首尾に終わったのである。

けれど、今は確実に童貞ではない。もっと堂々と振る舞えるし、知佳子も元人妻のテクニックがある。先輩以上に気持ちよくしてくれるだろう。

(シックスナインとかすれば、きっとギンギンになるさ)

心配ないと自らに言い聞かせ、圭介は知佳子に告げた。

「はい、だいじょうぶです」

「だったら、いっぱい出しなさい」

指の輪が、筋張った棹《さお》を忙しく上下する。牡の急所も、優しく揉まれた。

「ああ、ああ、すごくいいです」

感動の声が、狭い浴室に反響する。それで気をよくしたのか、指づかいがいっそう細やかになった気がした。

「オチンチン、また硬くなったわ。カチカチよ」

愉しげに目を細め、男根奉仕にいそしむ熟女。たわわな双房がゴムまりみたいにはずみ、見ているだけで眩惑されそうだ。

「ううう、い、いきます」

めくるめく愉悦に巻かれ、圭介はハッハッと息を荒ぶらせた。

「イッて。白いの出して」

知佳子が握りを強める。柔らかな指の側面が亀頭の段差をこすり上げ、それが発射の引き金となった。

「おおお、で、出る」

体幹に電流が走った感覚に続き、ペニスの中心を熱いものが駆け抜ける。

びゅるんッ──。

白濁の固まりが糸を引いてほとばしり、乳暈の的を直撃した。

「やん、出た。あ、すごーい」

少女みたいにはしゃいだ声を上げながら、知佳子は手を休みなく動かし続けた。射精しながらしごかれるのが最も快いと、経験上知っているのだろう。ザーメンを吸い出すごとく、玉袋ポンプもモミモミする。

おかげで圭介は、身も心も震える歓喜にひたり、牡の樹液をたっぷりと放出した。それらはなめらかな熟れ肌を汚し、滴《したた》って床に落ちる。

「ふはっ、ハッ、あふ」

荒ぶる息づかいが、なかなかおとなしくならない。膝も笑い、立っているのがやっとだった。

「え、すごいじゃない」

驚嘆されて我に返る。何事かと見おろせば、白い指が巻きついた分身が未だ萎《な》えず、弓なりに反り返っていたのである。

（嘘だろ……）

快感も、射精量もすさまじかったのに。逆にそのせいで、もっとしてほしいと肉体が求めているのか。

「元気だわ。若いっていいわね」

鼻梁《びりょう》に淫蕩な縦ジワを刻み、知佳子が上目づかいで見つめてくる。頬を赤く染め、物欲しげに唇を舐めた。

「じゃあ、今度は、わたしをいっぱい感じさせてね」

もちろん圭介はそのつもりだ。

4

ゆったりした寝床が好みなのか、知佳子のベッドはセミダブルサイズだった。ふたりだとちょっと狭いが、そのぶん密着できる。

「キスして」

身を横たえるなりせがまれて、圭介は彼女に唇を重ねた。

異性とくちづけを交わすのは、これが三人目。女性に縁のない人生を歩んでいると思っていたが、ここに来て運が向いてきたのだろうか。

しかも、素っ裸で抱き合っているのだ。ボディの柔らかさと、肌のなめらかさがたまらず、身悶えしたくなる。

知佳子が舌を入れてくる。圭介も自分のものを戯れさせ、熟女の唾液の甘みと、吐息のかぐわしさにうっとりした。

「ふう」

長いキスを終えると、彼女が深く息をついた。潤んだ目で見つめられ、胸が締めつけられる思いがする。

（……女性って、いいものだな）

一緒にいて、見つめ合うだけでドキドキして、もっとふれあいたくなる。こみ上げる思いに従い、圭介は知佳子の背中を撫でた。

「あん」

甘い声を洩らし、彼女が身をくねらせる。色めいた反応に煽られ、圭介は手を下降させた。もっちりして重たげな臀部を、情欲のまま揉み撫でる。

「ふふ、おしりが好きなの？」

淫蕩に目を細められ、「はい」とうなずく。それから、

「おしりだけじゃなくて、全部」

と、本心を打ち明けた。

「正直ね」

知佳子の手が、ふたりのあいだに入る。猛《たけ》りっぱなしだった男根に、指を絡ませた。

「わたしはオチンチンが好きよ。それも、このぐらい大きくて、硬いのが」

「う……あう」

焦らすようにしごかれ、呻きがこぼれる。それでも、今度は長く持たせなければと、気を引き締めた。

「すごく元気ね。ねえ、オチンチン、舐めてほしい？」

フェラチオを示唆する言葉に、圭介は何度もうなずいた。

「は、はい。あ、でも、おれも武藤さんのアソコを舐めたいです」

圭介の求めに、知佳子ははにかんで頬を緩めた。

「それじゃ、いっしょにしましょ」

ついさっき、シックスナインをすれば萎えてもエレクトすると考えた。だが、昂奮するためだけでもなく、相互舐め合いをしてみたかったのである。

未紗にフェラチオをされ、奈央にクンニリングスはしたけれど、同時というのは未経験だ。女芯と密着し、恥蜜を味わいながら自身もしゃぶられれば、最高の昂《たかぶ》りと快感が得られるに違いない。

その望んでいた行為を、美しい熟女に誘われたのだ。圭介は天にも昇る心地を味わった。

「はい、是非」

浮き立つ心を隠さずに返答すると、知佳子がクスッと笑う。さっそく身を起こしたものの、圭介に逆向きでかぶさろうとして、初めて躊躇《ちゅうちょ》した。

「恥ずかしいわ……」

つぶやいて、艶腰をモジモジさせる。年下の男に尻を向け、羞恥帯を無防備に晒《さら》すことに、さすがに抵抗を覚えたらしい。

それでも、自分から言い出した手前、中止するのは年上としてのプライドが許さなかったのか。

「お望みどおり、オマンコを見せてあげるわ」

挑発的するように卑猥な単語を口にして、圭介の胸を跨《また》ぐ。たわわなヒップを差し出したかと思うと、動きを止めることなく顔面に落っことした。女性器の佇まいを観察する間も与えずに。

「むうう」

柔らかな重みを受け止め、圭介は反射的にもがいた。湿った苑で、口許をまともに塞がれたのだ。

だが、シャワーの後でも残っていた淫靡なパフュームに、陶酔の心地となる。

(ああ、これが……)

魅力的な熟女の、プライベートな香り。知佳子は肌を彩ったザーメンを丁寧に洗い流したものの、秘部には水流をざっと浴びせただけだった。ボディソープも使っていない。そのため、秘臭が完全に消えなかったようだ。

ヨーグルトの酸味を薄めたような、控え目な乳酪臭。ほんのちょっぴり、アンモニア臭も含まれている。

「むふッ」

圭介が太い鼻息を女芯に吹きかけたのは、亀頭を口に入れられたからだ。チュッと吸引され、腰が反射的に浮きあがる。

（武藤さんが、おれのチンポを――）

できればもっと深く咥えてもらいたい。だが、身長差のせいで、そこまで口が届かないようだ。張り詰めた頭部を、重点的にしゃぶられる。

快感に煽られて、圭介も恥割れを吸った。舌を出し、花びらに這わせる。目で確認できなかったぶん、舐めて形状を探るつもりで。

「むぅ、ふふぅ」

喘ぎながらも、知佳子が舌を回す。敏感な粘膜をてろてろとねぶられ、くすぐったい気持ちよさに圭介は身悶えた。

悦びを与えられてもいたずらに上昇しなかったのは、熟女との破廉恥な相互愛撫に夢中だったからだ。

（ああ、武藤さんのおしり……オマンコ――）

普段なら絶対口にしないことを、胸の内でつぶやく。ぷにぷにした尻肉に顔をこすりつけながら、ほんのり甘じょっぱいラブジュースを味わった。

「ンぅう、むむむぅ」

知佳子の呻き声が大きくなる。クリトリスを狙っているわけでもないのに、かなり感じている様子だ。

(けっこう敏感みたいだし、舐められるのが好きなのかも)

だからこそ、舐めたいという圭介の申し出を、あっさり受け入れたのだろう。あるいは、フェラチオをしてほしいかを訊ねたのも、お返しのクンニリングスを期待していたのかもしれない。

だったら、もっと感じさせてあげようと、敏感な肉芽を舌先でほじり出す。チロチロと舐めくすぐると、彼女は「ぷはッ」とペニスを吐き出した。

「あああ、そ、そこぉ」

お気に入りのポイントであると自ら明かし、ふっくら臀部を痙攣させる。あられもない反応に全身の血潮が滾《たぎ》るのを覚えながら、圭介は舌奉仕に専念した。

「あ、ああっ、そこいいッ、もっと舐めてぇ」

よがり声が八畳間に響き渡る。隣に聞こえるんじゃないかと心配したところで、そもそもそれが目的だったことを思い出した。

(ひょっとして、これって演技なのかな?)

ふと疑念が湧いたものの、ならば確かめればいいと考え直す。このままねぶり続けて絶頂すれば、本当に感じていることになる。

恥割れの狭間に溜まっていた温かな蜜をぢゅぢゅッとすすり、ふくらんだ肉の芽を尖らせた唇でついばむ。

「はヒッ、ひいい、あ、あああ」

知佳子が両手で屹立にしがみつき、突っ伏して裸身を波打たせる。こぼれる熱い吐息で、下腹が蒸らされるのを圭介は感じた。

「いや、そんなにされたら……い、イッちゃう」

差し迫った声が聞こえる。内腿もプルプルと震え、間もなくなのだとわかった。

圭介は両手を双丘に添え、お肉を大きく割り開いた。あらわに晒された陰部に顔を埋め、ぢゅびぢゅびと派手な音をたてて吸いねぶる。

「あああ、い、イクイク、イくぅううっ!」

奈央とは違い、アダルト女優も顔負けの嬌声を張りあげて、知佳子が絶頂した。からだのあちこちを、ビクッ、ビクッとわななかせて。

「ふはっ、はぁ、あふ……」

彼女は息を荒ぶらせながら、ぐったりして手足をのばした。

（イッたんだ……）

口をはずし、圭介はひと仕事やり遂げた気分にひたった。

唾液に濡れた秘苑は、一帯が赤らんでいる。裂け目からはみ出した花弁が腫れぼったくふくらみ、狭間に見える桃色の粘膜が、息吹くように収縮するのが見えた。

熟女の性器をようやく目の当たりにし、淫靡な光景に背すじがムズムズする。ここにペニスを挿入したいと、新たな欲望が湧きあがった。

すると、知佳子がのろのろと動きだす。身を起こし、圭介の横にぺたりと坐った。

「気持ちよかったわ」

髪をかき上げ、濡れた目で見おろしてくる。

「クンニ、上手なのね」

褒められて、素直に嬉しくなる。初めて奈央にしたときもイカせられたし、もしかしたら才能があるのではないか。

「それじゃ、今度はあなたの番ね」

元人妻の手が、いきり立つ肉棒を握る。改めてしゃぶってくれるのかと思えば、彼女は重たげに腰を浮かせ、圭介の腰を跨いだ。

「わたしが気持ちよくしてあげるわ」

逆手で握って上向かせた牡器官の真上に、知佳子が腰を下げる。騎乗位で交わるつもりなのだ。

穂先が恥芯にこすりつけられる。クチュクチュと卑猥な音がこぼれ、圭介は胸をはずませた。いよいよ彼女と結ばれるのだ。

そのとき、なぜだか脳裏に、奈央の顔が浮かんだ。

（いや、これってまずいんじゃないか？）

彼女を裏切ることになるのではないかと、罪悪感がこみ上げる。

とは言え、知佳子とはシックスナインもしたし、互いに一度ずつイカせあっているのである。今さら道徳的になっても遅い。

そもそも、奈央とは恋人同士とも呼べない、微妙な関係だ。操《みさお》を立てる必要が、果たしてあるのだろうか。

そんな迷いなど、知佳子は知る由《よし》もなかったろう。準備が整うと「するわよ」と声をかけ、熟れ腰を一気に沈ませた。

ぬぬぬぬ――。

肉の槍が濡れ穴に吸い込まれる。

「あうう」

敏感な器官を柔ヒダでヌルヌルとこすられ、圭介はのけ反って呻いた。

「ああーん」

坐り込んだ熟女が、甘えた声を上げる。上半身をブルッと震わせ、たわわな乳房を揺らした。

「おっきいのが、奥まで入っちゃった」

艶っぽく目を細め、深く繋がったことを報告する。途端に、奈央の面影が頭の中から消えた。

「動くわよ」

知佳子が腰を振り出す。最初は前後に。続いて、臼《うす》のように回転させた。

「あ、あう、おおお」

圭介は仰向けのまま動けず、与えられる快感に喘ぐばかりであった。

「あなたのおチンポ、とっても硬いわ。オマンコがすっごく感じちゃう」

やけに大きな声で、あられもないことを言われ、頭がクラクラする。

「お、おれも、気持ちいいです」

こちらも悦びを伝えると、彼女が腰の動きをストップさせた。

「それじゃダメよ」

顔をしかめ、睨んでくる。

「え？」

「おれの女なんて言っておきながら、丁寧な言葉遣いをするなんてヘンだわ」

抑えた声で注意され、圭介は首を縮めた。やはりこれは、隣の若者に聞かせるためにしていることなのだ。

知佳子が腰振りを再開させると、圭介はなるべく低い声で応戦した。

「おお、いいぞ。お前のマンコは最高だ」

下卑《げび》た称賛に、熟女も興に乗ったようである。

「ああん、お、おチンポいいのぉ」

はしたなくよがる姿に、品のある女性という初対面の印象が、音を立てて崩れ落ちる。仮に演技だとしても、何の素養もなく、ここまで乱れられるものだろうか。

(案外、これが武藤さんの素《す》なのかも)

密かに思いつつ、腰を真下から突き上げると、知佳子が「きゃんッ」と鋭い嬌声をほとばしらせた。

「それいいッ。もっと突いてぇ」

淫らなリクエストに応え、圭介は腰を大きくはずませ、ベッドを軋《きし》ませた。その音や振動も、隣室に届いているに違いない。

男女の激しい営みを耳にして、あのチャラい男はどうしているのだろうか。煽られてオナニーをしていたら小気味よいと、ますますピストン運動に熱が入る。

串刺しになった女体を揺すれば、おっぱいがぷるんぷるんと上下左右に躍る。女膣でこすられるペニスも快さを浴び、セックスをしているのだと実感する。

素面で結ばれるのは、これがまだふたり目だ。しかも初めての騎乗位なのに、すっかり板についている気がした。

（おれ、セックスの才能もあるのかも）

背負《しょ》ったことを考えたとき、

「ね、ねっ、乳首クリクリしてぇ」

知佳子にせがまれる。圭介は両手をのばすと、左右の乳頭を同時に摘まんだ。

突起はどちらも陥没気味であった。けれど、ほじるように愛撫することで姿を現し、ツンと尖って硬くなる。それにより、感度も増したようだ。

「ああ、あ、いい。もっとぉ」

感じているのは声ばかりでなく、蜜芯がキュウキュウと締めつけてくれるところからもわかる。これはいいと指で転がしてあげると、彼女は悩乱の声をあげた。

「くううう、感じる。おっぱいもオマンコも、感じすぎちゃうぅうぅっ！」

腰づかいも派手になり、ヒップを上下に振り立てる。腿の付け根に尻肉が勢いよくぶつかり、パツパツと湿った音を鳴らした。

「おお、マンコが締まって気持ちいいぞ」

圭介も、もはやためらうことなく卑猥な言葉を口にした。おかげで、愉悦がぐんぐんと高まる。

「もっと感じて。オマンコ締めてあげるから」

言葉どおりに、まといつく内部がキツく締まる。しかも粒立ったヒダが、亀頭のくびれをぷちぷちとこするのだ。これではたまらない。

「うう、い、イキそうだ」

遅漏の治療が功を奏したためもあり、早くも危うくなる。だが、知佳子もかなりのところまで高まっていたようだ。

「わ、わたしも……ね、オマンコの中に、いっぱい射精して」

淫らな要請に、いよいよ忍耐が限界を迎える。快美のさざ波が、手足の先まで行き渡った。

「おおお、イクぞ。マンコの中に、たっぷり出すぞ」

「いいわ、出して。あ、ああっ、わ、わたしもイッちゃう」

「うう、で、出る」

「イクッ、イッちゃう。いやぁあああっ！」

歓喜の絶叫に煽られ、圭介も「おお、おお」と声を上げた。全身がバターになって溶けるような錯覚にまみれながら、熱い樹液を噴きあげる。

（最高だ……）

熟女をイカせたこともあり、大人の男としてひと皮もふた皮も剝けた気がした。手で導いたときと同じく、知佳子は射精するあいだも、さらにそのあとも、休みなくヒップを上げ下げし続けた。それにより、自身もかなりの快感を得たようである。

「あふっ、ハッ、ふううう」

裸身を切なげに震わせながら、息づかいを荒くする。屹立をこする蜜穴が、グチュグチュと粘っこい音をこぼした。逆流したザーメンが泡立っているのだ。

ようやく動きを止め、彼女が脱力して倒れ込む。圭介が抱きとめると、くちづけを求めてきた。

舌を絡め合ってオルガスムスの余韻にひたるあいだに、萎えた秘茎が膣からこぼれる。そのとき、下半身のほうからブビッと猥雑な音がした。

「やん」

知佳子が焦って身を剝がし、ヘッドボードのティッシュを抜き取る。それを股間に当てると、頰を赤らめて弁明した。

「オナラじゃないわよ。あなたが激しくズンズンしたから、オマンコに空気が入っちゃったの」

俗にマン屁と呼ばれる現象を、圭介も知っていた。ネットのエロ動画で、同じ音を聞いたことだってある。

彼女はふたりの股間を薄紙で清めると、甘えるように抱きついてきた。圭介は腕枕で迎え、ほんのり汗ばんだ肌を撫でてあげる。

「キャッ」

戯れに乳首を摘まむと、知佳子が悲鳴を上げて手を払った。さっきはあんなに歓んだのに、どうしてなのかと怪訝に思えば、

「イッたあとだと、くすぐったいの」

説明し、ペニスに触れてくる。

「あうう」

　鈴口の残り汁を亀頭に塗り広げられ、圭介はだらしなく呻いた。

「ほら、オチンチンだって、射精したあとは感じすぎちゃうでしょ」

　言われて、「わ、わかった」と納得する。ただ、普通に柔肌を愛撫されるぶんには快いらしい。背中やおしりを撫でてあげると、うっとりして瞼を閉じた。

「久しぶりだわ、こういうの……」

知佳子のつぶやきに、圭介は「何が？」と訊ねた。

「エッチのあと、ふたりでイチャイチャするの」

熟女が嬉しそうに頬を緩める。

「ダンナも付き合ってたころや、新婚時代は終わったあとにもいっぱいキスしてくれたけど、二年も経ったら、終わるとすぐにシャワーを浴びるか、背中を向けて寝ちゃうかのどちらかだったもの。それに、ここ一年ぐらいはレスだったし」

不満を口に出したことで、怒りがぶり返したらしい。

「そりゃ、他の女とヤリまくってたら、妻とする気にならないわよね」

忌ま忌ましげに愚痴ったものの、気を取り直すようにかぶりを振った。

「ね、いっしょにシャワーを浴びましょ」

「ああ、うん」

ふたりはバスルームに行った。ボディソープの泡にまみれて抱き合い、またくちづけを交わす。

「あら、勃ってきたわ」

ふくらみつつある陽根を握り、知佳子が目を細める。シャワーで泡を流すと、いそいそと前に跪《ひざまず》いた。

「もっと元気にしてあげる」

艶っぽい笑みを浮かべるなり、水平まで持ちあがった牡器官を深々と頬張った。

「むふっ」

圭介は太い鼻息をこぼし、膝を揺らした。舌が縦横に動く口内で、分身がムクムクと膨張するのがわかる。

（まだするつもりなんだろうか……）

熟女にペニスだけでなく、全身を食べられるような心地がした。

第三章　夜逃げのお返しに

1

「あ、あああっ、もっとぉ」

四つん這いでよがる知佳子を、真後ろから突きまくる。下腹を勢いよくぶつけると、双丘がぷるんと波打った。

バックスタイルで女体を責め苛《さいな》み、圭介は極上の快感にどっぷりとひたった。

(うう、気持ちいい)

見おろせば、逆ハート型の切れ込みに、濡れた肉棒が見え隠れする。そのすぐ上で、物欲しげに収縮するアヌスもエロチックだ。

彼女とは、何回セックスをしただろうか。最初にしたのは先週で、その後は二日と空けたことがなく、訪れるのは五回目か。だが、その度に二回以上交わるから、十回は超えたはずだ。

　愛人関係だと隣の男に信じさせるため、できれば毎日来てほしいと、知佳子に頼まれたのである。けれど、圭介にも仕事がある。夜なら時間があっても、荒淫は翌日に響くため、無理はできない。

　とは言え、セックスは覚えたてだし、本当は毎日でもよかったのだ。しかし、そう頻繁に帰りが遅くなったら、親に何をしているのかと怪しまれる。また、あまり貪欲に求めても、知佳子に浅ましいと思われる気がした。

　かくして、連日の通いは遠慮したものの、訪れるたびに複数回を求めるのでは、毎日するのとそう変わりない。今日も正常位で一度果てたあと、フェラチオでイチモツを硬くしてもらい、ケモノの体位で繋がったのである。

　短期間に回数をこなしたことで、腰づかいもだいぶサマになった気がする。最初のときほど疲れることもない。これも経験を積んだからこそであろう。

　おかげて知佳子のほうも、絶頂までの時間が短くなったようだ。

「い、イク、イッちゃう」

　極まった声を洩らし、熟女が総身を震わせる。蜜穴の締めつけが強まり、圭介も引き込まれそうになったが、一度達したあとだから堪えられた。

それに、そろそろ危ないからと、中出しを禁じられたのである。一度目はコンドームを装着したし、今も絶対に出さないと約束して、ナマ挿入を許されたのだ。

「イクイクイクぅ」

のけ反ってアクメ声を放ったあと、知佳子がベッドに突っ伏す。膣から抜けたペニスがバネ仕掛けみたいに反り返り、下腹をペチンと打った。

「はぁ、は……ふぅ」

俯《うつぶ》せて、肩で息をする彼女に添い寝し、圭介は髪や背中を撫でた。それから、ふっくらと盛りあがったおしりも。

「うウン」

小さく呻き、顔をこちらに向けた知佳子が、恥ずかしそうに笑みをこぼす。

「イッちゃった……」

三十五歳という年齢を感じさせない愛らしさに、圭介の胸は高鳴った。

「おれも、すごくよかったです」

「でも、まだ出してないでしょ？」

彼女の手が差しのべられ、股間に反り返るモノを握る。愛液で濡れているのも厭《いと》わず、漲《みなぎ》り具合を確かめた。

「硬いわ。ちゃんと約束を守ったのね」

「そりゃ、知佳子さんを困らせたらいけないし」

幾度もからだを重ねて、互いの呼び方が変わった。知佳子は「圭介君」と呼ぶ。

「いい子ね。ちょっと待ってて。お口で出させてあげるから」

囁くように言って、彼女が唇を艶っぽく舐める。ひょっとして、また飲んでくれるのだろうか。

最初の日、セックスのあとふたりでシャワーを浴びたとき、知佳子にペニスをしゃぶられた。そのとき、口の中にほとばしらせた精液を、彼女は排水口へ吐き出した。口内発射も畏《おそ》れ多いぐらいだったから、圭介はむしろホッとしたのである。

その後もフェラチオをされ、ザーメンを舌で受け止められたが、前回、知佳子が初めてゴックンしたのだ。

『抵抗があってダンナのは飲めなかったんだけど、圭介君のって苦くないし、コクがあって美味《おい》しいわ』

満足げに言われても、圭介は絶頂の気怠《けだる》い余韻に頭がぼんやりして、何と言えばいいのかわからなかった。出るときに強く吸われたせいか、強烈な射精感で腰もガクガクしていたのだ。

『また飲ませてね』

艶っぽいおねだりに、天にも昇る心地がした。だからこそ、お口で出させてあげるという今の言葉に、期待せずにいられなかったのである。

「あ、そうそう。アイツ、引越すみたいよ」

話題を変えられ、圭介はきょとんとなった。

「え、あいつ？」

「ほら、隣の部屋の」

「ああ」

「昨日、不動産屋さんが来て教えてくれたの。前に苦情を入れたから、いちおう気にしてくれてたみたいね」

最初に脅したあと、圭介は二度ほど、あのチャラ男と顔を合わせた。睨みつけると顔色を変えて部屋に逃げ込んだから、かなり恐れていたらしい。ドアの貼り紙の跡も、ちゃんと綺麗にしてあった。

(引越すってことは、クスリが効きすぎたかな)

しっかり反省したのならいいが、余所に行ってまた隣人に迷惑をかけるようでは困る。その前に注意して、牽制《けんせい》しておいたほうがいいだろうか。

　そんなことを考えていると、知佳子が横臥してこちらを向く。

「ところで、圭介君にお願いがあるんだけど」

「何ですか？」

「ほら、引越しのお願いをしたとき、まだ新しい部屋が決まっていないから、しばらく友達のところに泊めてもらうって話したじゃない」

「ああ、そうでしたね」

「その友達、いちおう結婚してるんだけど、ダンナが行方知れずなのよ」

「ええっ⁉」

「わたしがここへ越してきたあとだから、いなくなって二、三週間になるのかしら。あ、べつに、事件や事故に巻き込まれたわけじゃないのよ。置き手紙もあったし、要は家出だったの。ただ、最初は理由も何もわからなくて、彼女はかなり心配してたわ。ダンナの会社からも、どうしたんだって問い合わせがあったみたいで」

　置き手紙といっても、探さないでほしいぐらいの内容だったのか。残されたほうは気が気ではないだろう。

「彼女は不安がっていたし、わたしもここを出るつもりだったから、いっしょに住んで元気づけようと思ってたの。まあ、圭介君のおかげで引越す必要がなくなったし、そのあとは電話とか、たまに会って話してはいたんだけど」

「そうだったんですか……」

相槌を打ちながら、圭介は悩ましい疼《うず》きにひたった。話すあいだも、知佳子がペニスを弄んでいたからだ。

「で、つい一昨日、ダンナが家出した理由がわかったんだって。ギャンブルで借金をこしらえて、返せなくなって逃げたっていうのよ」

「うわ……」

「しかも、借りたところが闇金で、ヤクザみたいなやつが取り立てに来たっていうの。妻だったら返す義務があるし、無理ならいかがわしい店で働いてもらうだの、東京湾に沈めようかだの、かなり脅されたみたい」

関西の新喜劇に登場するヤクザじゃあるまいし、そんな陳腐な台詞を本当に口にするやつがいたなんて。もっとも、当人にとっては喜劇ではなく悲劇だ。

「それじゃあ、どうするんですか？」

「うん……圭介君、このあいだ隣の男を脅したみたいに、借金取りを追っ払ってもらえないかしら？」

これに、圭介は間髪を容れずかぶりを振った。

「む、無理です」

「どうして？」

「いや、隣は単なるチャラ男で、女性か弱い相手にしか強く出られないようなやつだったから、おとなしくさせられたんですよ。闇金の取り立てなんて、まんまヤクザじゃないですか。そんなヤバいやつを追い払うなんて、絶対に無理です」

「でも、圭介君って、けっこう強そうに見えるけど」

「見た目がごついだけで、ハートはガラス細工なんです」

これに、知佳子が「そうね」とうなずく。実は気弱であると、とっくに見抜いていたらしい。

「まあ、仮にひとりふたりを追い払えても、今度は集団で押し掛けて来るだろうし、根本的な解決にはならないわね」

「そうですよ。ここは弁護士に相談して債務を帳消しにしてもらうとか、つきまとわれずに済むような手続きを踏むべきです」

「それにしたって、しばらくは身を隠さなくっちゃ。彼女が逃げないように、連中は四六時中見張ってるんだって。家から職場に行くあいだも、尾行されてるみたい」

貸した金を踏み倒されてはたまらないと、向こうも必死のようだ。そのうち拉致するなどの実力行使に出るかもしれず、一刻も早く対処すべきである。

しかしながら、見張られているのに身を隠すなんて、容易ではあるまい。

(つまり、夜逃げさせるってことなのか)

引越しも夜逃げも、荷造りをして次へ移るのは一緒だ。けれど、見つからずにやり遂げるノウハウなど、圭介は持ち合わせていない。

「彼女の職場のほうは、しばらく休みを取ることが可能みたい。とりあえず、わたしのところに来てもらおうとは考えてるんだけど、身ひとつでってわけにはいかないじゃない。だからって、スーツケースなんか持って外出したら、これから逃げますって宣言するようなものだし」

尾行をまいて追跡をかわすのは、女性には難しいだろう。

「荷物だけなら宅配便で送れますけど。一番のネックはご本人ですよね」

「そうなのよ……あ、大きな箱を用意して、その中に入ってもらって運び出すっていうのはどう?」

突飛なアイディアに、圭介は顔をしかめた。

「そんなことをしたら、一発で怪しまれると思いますけど」

「そっか……たしかにそうね」

知佳子が「うーん」と首を捻り、勃起した牡器官をゆるゆるとしごく。考え事をするときには、無意識に何かをさわったりするものだが、今の彼女にはペニスがちょうどいいらしい。

快さにひたる圭介であったが、ふと妙案が閃いた。

「あ、うまく逃げる手があります」

「ホントに？」

知佳子が手にした肉棒を強く握る。圭介はだらしなく「あうう」と呻いた。

2

翌日、圭介はナカノ運送の車で、知佳子の友人が住むマンションを訪れた。引越しに使う小型トラックではなく、宅配用のワンボックスカーである。

彼はひとりではなかった。マンションの前に車を停め、梱包用の段ボールを台車に積むと、相棒とふたりで玄関に向かう。

（あ、あいつだな）

建物の陰にひそむ男に、圭介は気がついた。黒スーツにサングラスで、見るからに怪しい。間違いなく、闇金の取り立て屋だ。

(脅し文句もそうだけど、絵に描いたみたいなやつだな)

あるいは奥さんをビビらせるために、いかにもという風体を見せているのか。目立つようにしているのも、絶対に逃げられないと知らしめるためだとか。

「いつもああして見張ってるんだって」

揃いの作業着にキャップを深く被り、埃《ほこり》防止のマスクをつけた相棒が、そっと囁く。圭介は無言でうなずいた。

相棒は知佳子である。髪はまとめてキャップの中に入れ、ショートカットっぽくしていた。

彼女は玄関のパネルで部屋番号を押した。相手が出ると、

「ナカノ運送です。集荷に参りました」

と告げる。すぐに自動ドアが開き、ふたりは中へ入った。

(よし。ここまでは順調だな)

しかし、やり遂げるまでは安心できない。圭介は緊張を表に出さぬよう努め、エレベータに乗り込んだ。

生活に必要な衣類や身のまわりの品は、集荷を装って運び出すと、すでに知佳子が友人に連絡してある。持ってきた段ボールは、そのためのものだ。

（それにしても、旦那さんの借金で苦労させられるってのも、気の毒だよな）

彼女の話では、友人とは職場が同じだったとのこと。三つ下というから、三十二歳なのか。

知佳子のほうは八年前に結婚退職したため、一緒に勤めたのは二年ほどだそうだ。それでもウマが合ったから、ずっと連絡を取り合っていたという。たまに会って飲んだり、夫婦ふた組で食事をしたこともあったとか。

友人のほうは結婚後も仕事を続け、食費光熱費などの生活費は、夫婦で折半していたらしい。それぞれが貯蓄もしていて、自由になるお金があったために、夫は誘惑に負けたのだろう。それが転落の始まりだったわけだ。

『彼女のダンナさん、もともとギャンブルが好きだったみたい。でも、付き合うときにきっぱりやめるって約束したんだって。なのに、奥さんに隠れてこっそりとやってたわけよね』

昨日、知佳子が教えてくれた。『男って隠し事が好きよね』と、あきれた口調で言ったのは、浮気をしていた元夫が念頭にあってなのだ。

（これから会うひとも、旦那さんと離婚することになるのかな）

きちんと打ち明け、返済するため心を入れ替えるというのならまだしも、無責任に逃げ出したのだ。奥さんも愛想を尽かしているのではないか。

ただ、先のことはともかく、しばらく知佳子と同居するとなると、

（もう、あそこには行けないな……）

熟女との逢瀬《おうせ》は諦めねばなるまい。

そもそも隣の男が引越すのだし、もはや愛人関係の芝居をする必要はないのだ。まあ、セックスはお芝居ではなかったけれど。

ともあれ、またオナニー生活に逆戻りかと肩を落としたところで、

「あ、ここよ」

知佳子が足を止める。部屋のネームプレートには「堺」とあった。

（あれ、どこかで……？）

首をかしげたところで、彼女が呼び鈴を押す。ドアが開いて、住人の女性が顔を出した。

「あっ！」

「え？」

圭介と女性が、ほぼ同時に声を上げる。知佳子はふたりの顔を交互に見て、戸惑いをあらわにした。

「なによ、知り合いなの？」

圭介はうなずくこともできず固まった。夫が失踪した人妻とは、出身大学の厚生課に勤める、堺初美そのひとだったのだ。


「圭介君って、あの大学の出身だったのね」

説明を聞いて、知佳子が意外そうにうなずいた。

彼女も大学の厚生課にいたそうだ。圭介が入学したのと入れ違いで退職したため、お互いを知らなかったのである。

「びっくりだわ。こんな偶然ってあるのね」

驚いたのは圭介も一緒である。もちろん初美もだろう。

ふたりは堺家のリビングに通された。初美が用意しておいた荷物を、段ボール箱に詰めるのだ。時間がかかったら怪しまれるため、手早くやらなければならない。

このマンションは立地もいいし、２ＬＤＫの間取りはゆったりして広い。だが、ひとりっきりだと寂しさが募るのではないか。

賃貸だし、このまま住み続けるつもりはないと、初美は荷造りをしながら話した。夫と別れる決心もついたという。離婚と借金についても、知り合いの弁護士に依頼したそうだ。

よって、あとはここから逃げればいいのである。

(だけど、堺さんがそこまで大変な目に遭ってたなんて……)

初美の横顔をチラ見して、圭介は同情を禁じ得なかった。

明るくて気立てがよく、面倒見のいい年上の美女。奈央の引越しを請け負ったのだって、初美に頼まれたからなのである。

そんな彼女が、今はやけに沈んだ面持ちだ。境遇を考えれば無理もない。

(そう言えば、あのあと大学に行ってなかったんだよな)

圭介は引越し業務があって、ここしばらく集荷や配達は手伝っていなかった。初美の夫が失踪したのは、二、三週間前だと知佳子が言っていたし、そうすると最後に会ったときには、まだ幸せな結婚生活を送っていたのだろう。すでに夫が借金地獄に嵌《は》まっていたとは露《つゆ》も知らず。

その後の出来事は、まさに青天の霹靂《へきれき》だったに違いない。

(結婚して二年だから、ほとんど新婚みたいなものなんだろうに)

これから子供を作ってと、将来の展望に胸をふくらませていたのではないか。それらをすべてぶち壊しにされたのだ。

もっとも、夫がダメ人間だと早めにわかったのは、幸いだったかもしれない。結婚年数を重ね、それこそ子供もいたら、傷口はもっと深かったであろう。

「これでいいわね」

梱包を終えた知佳子が、ふうと息をつく。彼女の役目はほぼ終わりだ。

「それじゃ、来て」

「はい」

女性ふたりがバスルームへ向かう。そのあいだに、圭介は段ボール箱に擬装用のラベルを貼り、廊下に運び出して台車に積んだ。ほとんど衣類なので重くはない。

すべて積み終えたところで、ふたりが現れた。

「これならバレないわよね」

知佳子が満足げにうなずく。作業着ではなく、初美が用意したワンピースに着替えていた。

一方、初美のほうは作業着姿だ。知佳子が着ていたものである。目深《まぶか》に被ったキャップに髪の毛を入れ、背丈もほぼ一緒だから、取り立て屋には別人だとわかるまい。

マスクもしているから、顔も見られずに済む。

圭介は初美とふたりで荷物を車に運び、ここからおさらばする。向かうのは知佳子の部屋だ。残った知佳子は時間を置いて、タクシーで帰る予定である。

何かの映画で、こういう入れ替わっての逃亡シーンを見たことを思い出し、圭介たちは脱出計画を立てたのである。

「それじゃ、頑張ってね」

知佳子に声をかけられ、初美は無言でうなずいた。目許が強ばって見えるのは、本当に誤魔化せるのか不安で、緊張しているためだろう。

「だいじょうぶです。おれに任せてください」

圭介も声をかけ、ふたりは部屋をあとにした。

エレベータで一階ホールに降りる。台車は圭介が押して、初美は脇に並んだ。

「玄関を出て左側に男がいますから、堺さんはおれの右側にいてください」

注意を与え、開いた自動ドアから外に出る。陽射しを浴びるなり、初美は圭介の袖をそっと摘まんだ。何かに縋らずにいられなかったのだろう。

そこは敵の死角になっているから、バレる心配はない。圭介は前を向いて、何食わぬ顔でワンボックスカーまで進んだ。

後ろのドアを開けると、初美に小声で指示を出す。

「助手席に坐っていてください。伝票が置いてありますから、それをチェックするフリをして」

彼女はうなずくと、監視者に顔を見られないようにして、素早く動いた。助手席に乗り込み、言いつけどおり伝票を手にしたようである。

その後ろ姿を見守りながら、圭介は荷物をさっさと積み込み、台車も車内に入れて固定した。ドアをバタンと閉め、運転席に回る。

乗り込むときにミラーで確認すると、闇金の男はこちらに顔すら向けていなかった。宅配業者が仕事で来ただけだと、完璧に信じ込んでいる様子である。

「だいじょうぶ。あいつは全然こちらを見ていません」

エンジンを掛けてから伝えると、初美がようやく安堵の眼差しを見せた。

「それじゃ、行きましょう」

「ええ……中野君、ありがとう」

お礼を述べられ、背中がくすぐったくなる。それよりも、彼女を助けられたことのほうが、圭介は何倍も嬉しかった。

3

知佳子のマンションに到着し、部屋に荷物をすべて運び込んでから、二時間近く経ったろうか。

「お待たせ」

ようやく部屋の主が帰ってくる。ここまで時間がかかる予定ではなかったから、圭介はやきもきしていた。

もしかしたら取り立て屋が計略に気づいて、捕まったのではないかとも考えた。そのせいで、電話もかけられなかったのである。こちらの存在を、敵に知られたらまずいからだ。

ただ、知佳子の帰りを待ち望んでいたのは、初美とふたりっきりで間が持たなかったためもある。

顔見知りだし、大学でなら気安く話もできたが、他に誰もいない部屋というのは気詰まりだ。まして、あれこれあって傷ついているであろう人妻に、どんな言葉をかければいいのかもわからなかった。

結局、ほとんど言葉を交わすことなく、彼女は持ってきた荷物を黙々と整理した。圭介はそれを所在なく見守るしかなかったのだ。

「遅かったじゃないですか」

玄関で出迎えた圭介は、ふくれっ面《つら》で文句を言った。だが、知佳子が大きなレジ袋をふたつも提げているのに気がついて、帰りが遅かった理由を知る。

「買い物をしてたんですか？」

「そうよ。だって、初美ちゃんが無事に脱出できたお祝いをしなくっちゃ」

能天気なことを言われて、やれやれと思う。ひとつの袋には、缶ビールや缶酎ハイがぎっしり詰まっていた。

「ふたりでそんなに飲むんですか？」

「なに言ってるの。三人よ」

「え？」

「もちろん、圭介君も付き合うでしょ」

何がもちろんなのか、理解に苦しむ。しかし、有無を言わさぬふうに胸を反らされ、圭介は顔を情けなく歪めた。

ベッドの脇に小さなテーブルが置かれる。その上に、買ってきた惣菜やおつまみが、所狭しと並べられた。

「それじゃ、作戦成功を祝って、かんぱーい」

知佳子が音頭を取り、三人は手にした飲み物の缶をぶつけ合った。

一番飲みっぷりがよかったのは、意外にも初美であった。

夫が失踪するわ借金取りに脅されるわで、少しも安らげない時間を過ごしてきたのである。ようやく安心できて、飲まずにいられなかったのではないか。ビールのロング缶を、たちまち空にした。

おまけに、

「中野君も飲んで。いちばんの功労者なんだから」

と、早くも据わった目で、年下の男に命じる。もう酔ったのかと思えば、

「本当にありがとう。感謝してるわ」

潤んだ眼差しで礼を述べた。

「はい、いただきます」

圭介は素直に従い、缶に口をつけた。しかし、飲んだフリをしただけである。酔い潰れての初体験に懲りて、あれ以来アルコールをセーブするようになったのだ。

「よかったわ。初美ちゃんが元気になって」

知佳子が嬉しそうに目を細める。すると、初美が思い出したように質問した。

「ところで、知佳子さんが引越しをやめたのは、引越し業者のひとが迷惑な隣人をやっつけてくれたからだって言ってましたよね。それが中野君だったんですか？」

「ええ、そうよ」

知佳子がうなずく。どうやら詳しくは話してなかったらしい。その後の肉欲にまみれた展開を考えれば、ヘタなことは言えなかったろうなと納得できる。

(おれがどんなやつか説明していたら、堺さんにも、そいつがおれだってわかったかもしれないな)

トラック一台の簡単な引越しを請け負っているとか、長身でいかつい顔だとか、そこまで話せばピンときたであろう。初美は圭介が新しく始めた仕事を知っているし、この辺りに同じ風体の同業者がいるとも思えない。

「やっつけたって、どんなふうにしたんですか？」

圭介と知佳子を交互に見ながら、初美が訊ねる。

「いや、やっつけたってほどのことじゃなくて――」

ここは圭介が説明することにした。

「チャラチャラした、生意気なだけの若者だったし、ちょっと脅せばいいかなと思って、サングラスをかけて注意しに行ったんです」

「つまり、ヤクザっていうか、ヤバい男のフリをしたってこと？」

「まあ、そうですね。そんなに強く言ったわけじゃないですけど、向こうはけっこうビビりだったみたいで、すぐに謝りました」

「へえ」

初美が新しい缶のプルタブを開ける。ストロングタイプの酎ハイで、それもコクコクと喉を鳴らして飲んだ。

(飲み過ぎじゃないか？)

安心して、箍《たが》が外れてしまったのだろうか。

「だけど、ただ脅しただけじゃ意味ないわよね。中野君はここの住人じゃないんだし、そいつを納得させた方法を知りたいわ」

どうして彼女がそこまで気にするのか、圭介はさっぱりわからなかった。それでも、訊ねられたら答えるしかない。

「それはよくあるやつですよ。おれの女に迷惑をかけるなみたいに」

これに、初美の目がきらめく。納得顔でうなずいたから、彼女も予想していたのだろう。

「おれの女って言って、そいつは信用したの？」

「だと思いますけど。そもそも他人が出しゃばるようなことじゃないですし、実際、そいつは引越しを決めたそうですから」

「ふうん」

上の空っぽい相槌に、圭介は嫌な予感がした。酔ったせいなのか、どこか蓮っ葉というか、言動に品がない。

「つまり、ふたりがデキてることを、隣の子にわからせたってことなのね。実際にエッチをして」

初美に断定され、圭介は大いにうろたえた。

「な、なに言ってるんですか⁉」

「え、違うの？」

きょとんとした顔で訊《き》き返され、何も言えなくなる。ずばりその通りだったからだ。

「どうしてわかったの？」

知佳子が訊ねる。それでは認めたも同然ではないかと焦ったものの、部屋の主たる熟女は平然としていた。

「だって、知佳子さんとか圭介君とか、お互いの呼び方が馴れ馴れしいし、ウチに来たときも、やけに息が合ってた気がしたのよね。あと、ベッドからいやらしい匂いがプンプンするし」

初美が背後のベッドを振り返り、眉をひそめる。

圭介たちの会話や振る舞いから、ふたりが親密な関係だと、彼女は見抜いたらしい。ずっと表情が暗かったし、気持ちが沈んでいるかに見えたため、勘繰られることはあるまいと油断してしまったようだ。

それにしても、ベッドに染み込んだ交合の残り香まで嗅ぎ取るなんて。まあ、昨晩も激しく交わったから、痕跡があっても不思議ではない。ベッドカバーも取り替えていないようであるし。

「初美ちゃんって、飲むと男女のことに鋭くなるのよね」

知佳子がやれやれという顔を見せる。そうすると、以前にも酔った彼女に、あれこれ見抜かれたというのか。

(だったらお酒なんか飲ませちゃ駄目じゃないか)

胸の内で非難したところで、まさかと疑う。もしかしたら、こうなることがわかっていて、知佳子はアルコール類を買ってきたのではないか。だから事実を指摘されても、少しも慌てなかったとか。

おまけに、とんでもない質問をする。

「ねえ、そのベッド、どんな匂いがするの？」

「だから、アレです。男のひとの精液とか、女性の愛液とか、エッチしたのがわかる匂い」

初美も具体的な返答をしたものだから、圭介は狼狽した。

（犬じゃないんだから、どうしてそこまで——）

それとも、本当にアルコールの作用で、嗅覚が鋭敏になるのだろうか。

すると、彼女が悩ましげに眉根を寄せる。缶酎ハイに口をつけて喉を潤し、ふうとため息をついた。

「え、どうかしたの？」

知佳子の問いかけに、初美は不満げに口を尖らせた。

「ずるいです、知佳子さんばっかり」

「え？」

「中野君を独占しちゃって」

年上女性たちのやりとりに、圭介は困惑するばかりだった。

(どうしちゃったんだよ、堺さん)

自分が知っている彼女とは、別人のよう。酔ったためばかりではなく、夫のことで心労が重なり、荒んでいるかにも見える。

いや、気持ちが荒んだものだから飲みたくなり、自暴自棄になってしまったというのが正解か。しかも、そうなるように知佳子が仕向けた感がある。

「じゃあ、初美ちゃんはどうしたいの？」

年上女性に訊ねられ、初美が自身の内面を覗き込むみたいな面差しを見せる。

「……わたしもしたいです」

「じゃ、しよ」

知佳子があっさり承諾し、圭介は目が点になった。三人一緒にいても、自分だけが蚊帳《かや》の外で、さっさと話を進められたのだから。

(するって何を？)

いや、ここまでの会話を振り返れば、考えるまでもない。

「だったら、そんなもの脱いじゃいなさい」

「うん」

初美が立ちあがり、着ているものに手をかける。彼女は脱出のために変装した作業着のままだったのだ。

　実用的で、お洒落とも色気とも無縁な衣類が取り去られる。その下から現れたのは、輝かんばかりに白い肌であった。着衣とのギャップが著しく、圭介はたちまち目を奪われた。

「初美ちゃんって、お酒を飲むとけっこうエッチになっちゃうの」

　知佳子がこそっと耳打ちをする。やはり最初から淫靡な展開を目論《もくろ》んで、酒席をしつらえたのか。

（お酒を飲むと……ってことは、豊島先輩もそうだったのかな）

　ふと未紗のことが思い出される。彼女も飲んでそういう気分になり、後輩の男をラブホテルに誘ったのだろうか。

　初美の場合、大胆になったのは酔ったせいだけではあるまい。色々なことがあったし、これですべて終わったわけではないのだ。これからも苦労は続くだろうし、今だけでも解放されたい気分なのではないか。

　ならば男として、手助けをしてあげるべきであろう。

　初美が下着姿になる。ブラが水色で、パンティは黒という不揃いな組み合わせは、日常的な生々しさがあった。

「ほら、圭介君も」

知佳子に促されても、圭介はすぐに脱げなかった。ところが、彼女もワンピースを脱いで肌をあらわにしたものだから、追い込まれた気分になる。自分だけ服を着ているのは、かえって居たたまれない。

（ええい、どうにでもなれ）

捨て鉢になり、作業着のボタンをはずす。もっとも、胸の内では期待も燻《くすぶ》っていた。

（てことは、初美さんともセックスができるのか？）

人妻になったあとも、密かに憧れていた女性。その本人が下着姿で、目の前にいるのである。牡の欲望が次第に募ってくる。

さりとて、ここには知佳子もいる。いったいどうするのかと、疑問も拭《ぬぐ》い去れなかったが、とりあえずTシャツとブリーフのみの格好になった。

すると、知佳子が腕組みをして顎をしゃくる。

「全部脱ぎなさい」

「え？」

「こういうときは、男が率先して裸になるべきでしょ」

そんな作法は聞いたことがない。ところが、初美までもがその通りだと言いたげにうなずく。これでは逆らえない。

仕方なくTシャツを頭から抜き、ブリーフに手をかける。ふたりに背中を向け、圭介は最後の一枚を素早く脱ぎおろした。もちろん、ペニスは両手でしっかりと隠す。

「じゃあ、ベッドに寝て」

知佳子が命じる。やはりこの場を仕切るのは年長者なのか。

圭介はためらいながらもベッドに上がった。横になると寝汗の名残なのか、熟女の甘い香りに包まれる。

（べつに精液の匂いなんてしないけど……）

小鼻をふくらませ、首をかしげる。もしかしたら、初美はいやらしいことがしたくなって、わざと露骨なことを口にしたのか。そうすれば仲間に入れるだろうと。

女性ふたりもベッドに上がってくる。右側から知佳子、左側から初美が迫り、圭介の両脇に膝をついた。

すると、初美がここに来て、恥ずかしそうに身をくねらせる。

「やっぱり知佳子さん、スタイルがいいですね」

その視線は谷間くっきりの、熟女の胸元に注がれているようだ。

「初美ちゃんだってなかなかじゃない」

「そんなことないです。寸胴《ずんどう》だし、おっぱいも大きくないし」

なるほど、初美はウエストのくびれがあまりない。下腹もぽっこりしているし、ブラのカップサイズは知佳子の半分もないのではないか。

しかしながら、そういう普通のヌードのほうが、妙にそそられる。ふたりの甘酸っぱい体臭が漂ってきたこともあり、ペニスがムクムクと膨張した。

(待てよ。堺さん、やっぱりって言わなかったか?)

知佳子のプロポーションの良さを、前から知っていた様子だ。ということは、以前にもこんなふうに、ふたりで淫らな状況に直面したことがあったのか。

(いや、そうとは限らないか)

職場の親睦旅行で温泉に行ったりとか、あるいは海やプールで遊んだりすれば、裸を見ていても不思議ではない。ただ、そういう公《おおやけ》の施設ならともかく、こういうプライベートな場所では、かなり親密でないと肌を晒せない気がする。

だとすると、彼女たちはあやしい関係なのだろうか。女同士、互いの秘められたところもさわり合うような仲だとか。

妄想がふくらみ、股間もふくらむ。いよいよ両手では隠しきれなくなってきた。

「ほら、どけて」

手首を摑み、乱暴に取り除いたのは知佳子だ。牡のシンボルが、女性たちの前であらわになった。

(ああ、そんな)

顔が熱く火照る。恥ずかしくて身が縮む思いだったのに、その部分は縮むどころか伸びあがった。

「あら、大きくなってる」

初美が目を丸くする。筋張った肉胴に血管を浮かせた禍々《まがまが》しい器官を前にして、顔を背けようともしなかった。人妻であり、ペニスなど見慣れているのだろう。

「もっと大きくなるわよ」

知佳子が手を差しのべる。下腹に横たわる陽根を摑み、揉むようにしごいた。

「ううう」

圭介は呻き、手足をわななかせた。全身に広がった快美が海綿体を拡張させ、さらなる血流を呼び込む。

「あ、すごい」

人妻が目を瞠《みは》る。肉棒が力を漲らせ、頭部がはち切れそうに紅潮したのだ。

「とっても硬いわよ。さわってみて」

交代して、初美が強ばりを握る。異なる手の感触に快さが募り、その部分がビクンビクンとしゃくり上げた。

「あん、元気」

驚きを浮かべながらも、目許が艶っぽく朱に染まる。彼女はより大きな動きで筒肉を愛撫し、年下の男に切ないまでの悦《よろこ》びを与えた。

(おれ、堺さんにチンポをしごかれてる——)

圭介は裸身を波打たせ、ハッハッと息を荒ぶらせた。

厚生課の窓口で、笑顔で対応してくれた初美が脳裏に浮かぶ。たった今、下着姿で武骨な肉棒を弄んでいる美女と同一人物だとは、なかなか信じられなかった。

「大きいでしょ、圭介君の」

「うん……」

「こんなのでズンズン突かれたら、たまんないわよ」

知佳子の言葉に、初美が悩ましげに眉根を寄せる。黒いパンティが包むヒップを、物欲しげにモジモジさせた。

(したくなってるのか、堺さん?)

淫らな甘言に煽《あお》られて、手にしたモノを迎え入れたくなっているというのか。

女友達の手コキ奉仕を見守りながら、知佳子がブラジャーをはずす。豊満な乳房が、重たげに揺れながら現れた。

「オチンチン、ちょっと貸して」

言われて、初美がハッとする。焦って手をはずしたのは、夢中になっていたのが恥ずかしくなったからか。

知佳子はペニスの根元近くを握り、上向きにそそり立たせた。身を屈め、屹立の真上に顔を伏せる。

チュッ――。

尖端に軽くキスされただけで、快《こころよ》い痺れが生じる。舌が回り、分身が徐々に呑み込まれた。

「おおお」

圭介はのけ反って身を震わせた。洗っていない性器を口に入れられることに、罪悪感もあったけれど、それよりも悦びが勝っている。舌をニュルニュルとまといつけられ、あまりの気持ちよさに泣きたくなった。

こんなに感じるのは、もうひとりがこの場にいるためだろうか。見られることで、いっそう昂る心地がする。

ペニス全体に唾液をまぶしてから、知佳子は顔をあげた。濡れて赤みを増した男根に、満足げな笑みを浮かべる。

それから、正面のもうひとりを振り仰いだ。

「初美ちゃん、圭介君の顔に乗ってあげて」

「え？」

「真面目そうに見えて、けっこうヘンタイだから、そういうのが好きなのよ」

勝手に決めつけられ、圭介はうろたえた。図星だったためもある。

（いや、どうして知ってるんだよ？）

知佳子との行為で、顔面騎乗をせがんだことはない。ただ、シックスナインは何度もしたし、おしりと密着したときに勃起が著しかったから、それが好きなのだと見抜かれたのか。

それに、ナマの匂いを嗅ぎたくて、シャワーを浴びずに抱き合うよう画策したのも事実だ。たとえば、いきなりベッドに押し倒すなりして。濃密な性器臭にうっとりして、クンニリングスも激しくなったから、こちらの趣味嗜好が丸わかりだったのかもしれない。

「顔に乗るって、パンツを脱いで？」

初美がためらいを浮かべる。

「まだ脱がなくてもいいんじゃない？」

先輩に言われて安心したのか、彼女は腰を浮かせて圭介の頭を跨いだ。握られてピンと立った牡棒のほうを向いて。

（わあ）

大きな丸みが目の前に迫る。おっぱいは控え目でも、おしりのボリュームはかなりのものだ。下着の裾から、お肉がかなりはみ出している。

それだけに、顔を潰されたいという被虐的な願望が強まった。

「ごめんね」

小声で謝ってから、初美が坐り込む。もっちりした柔らかさが、顔全体に重みをかけてきた。

「むううう」

呻いたのは、苦しかったからではない。嬉しかったのだ。

（ああ、堺さんのおしり――）

パンティは化学繊維なのか、ツルツルした肌ざわりが気持ちいい。そこに尻肉の弾力が加わって、極上の感触を生み出していた。

しかし、何よりも圭介を感動させたのは、ほんのり湿ったクロッチに染みつく、淫靡な香りであった。

それは煮詰めた汗にチーズを練り込んだみたいで、かなりクセが強い。けれど、学生たちのあいだでも評判だった美女のアソコが、こんな生々しい匂いをさせているのかと思うだけで、大昂奮であった。

おかげで、分身がさらなる力を呼び込む。

「ほらね。オチンチン、鉄みたいに硬くなったわ」

知佳子が得意げに報告した。

「え、ホントに？」

「言ったでしょ。圭介君はこういうのに昂奮するって」

「うん……鼻息がすごく熱いです」

「当たり前じゃない。初美ちゃんのオマンコの匂いを嗅いでるんだから」

「え？　やん、ダメっ」

今さら気づいたか、初美が尻を浮かそうとする。圭介は咄嗟にウエストを抱え込み、決して逃さなかった。

「ああん、バカぁ」

初美が泣きべそ声でなじる。お仕置きのつもりか、逆にぐいぐいと重みをかけてきた。引いて駄目なら押してやろうと考えたのか。

だが、それは圭介を有頂天にさせるばかりであった。

（ああ、もっと）

このまま窒息しても本望だとばかりに、さらなるケツ圧を求める。

ふんふんとこぼれる鼻息で、クロッチの湿りが著しくなった。女芯が羞恥の蜜をこぼしたせいだったのかもしれない。

「じゃあ、先にヤラせてもらうわね」

知佳子の声が聞こえて（え？）となる。視界を完全に奪われていたから、彼女が何をしようとしているのか、圭介にはまったく見えなかった。

それでも、腰に跨がれたのがわかって、もしやと察する。手を添えられた肉槍の穂先が、濡れたところにこすりつけられた。

「え、知佳子さん？」

初美も戸惑っている様子だ。これで間違いない。

「あん」

艶っぽい喘ぎ声に続いて、真上から重みがかけられる。そそり立ったモノはしなることなく、熱いぬかるみにぬるんと入り込んだ。

「くうう」

知佳子が呻く。強ばりきった分身は、柔らかなヒダにぴっちりと包み込まれた。

(え、ちょっと)

圭介は狼狽した。セックスをするのだと予測していたが、あまりに唐突だったし、心の準備ができていなかったのだ。

それでも、股間の上でヒップがはずみだし、分身がヌルヌルとこすられることで、脳内が悦楽一色となる。顔面騎乗をされ、濃密な牝臭を嗅いでいることもあって、容易にその気になれたようだ。

「あん、あ――ふ、深いぃ」

知佳子がよがる。圭一も歓喜にひたり、腰を突き上げた。顔も左右に振って、鼻面を人妻の陰部にめり込ませる。

「イヤイヤ、しないでぇ」

初美も色めいた声を上げ、尻の谷を幾度もすぼめた。

(気持ちいいけど……苦しい)

快感と昂りがふくれあがり、圭介は息が続かなくなった。くびれのない腰を摑んでいた手を離すと、初美が急いで顔の上から離れる。

「うう、ヘンタイ」

涙目で睨まれ、首を縮める。けれど、心から反省したわけではない。

(下着を脱いで、もう一度顔に乗ってくれないかな)

と、女性器と直《じか》に密着することを願う圭介であった。

「あ、あ、いい、感じる」

知佳子は己の快楽希求に夢中である。熟れ腰を休みなく上下させ、ベッドを軋ませる。これには初美も圧倒されたようだ。

「やだ……本当にしてるの？」

つぶやいて、コクッと喉を鳴らす。視線は男女が交わる部分に注がれているようだ。

ヌチュヌチュと、卑猥な粘つきをこぼすところに。

「あん、す、すぐにイクから、く――ちょっと待ってて」

喘ぎ声交じりに告げた知佳子が、腰づかいを激しくさせる。膣も締まり、圭介も危うくなった。

「あああ、ち、知佳子さん」

名前を呼んで差し迫ったことを伝えると、彼女は「ダメよ」と一蹴した。

「中に出さないで。あ、赤ちゃんできちゃうから」

ストレートに言われて、圭介はギョッとした。おかげで、高まっていた気分が安全圏まで下降する。

「もうちょっと我慢してちょうだい。だけど、オチンチンは硬いままにしてね」

いくらなんでも勝手すぎると思っても、為《な》す術《すべ》はない。圭介は組み伏せられたまま、ひたすら耐えるしかなかった。

幸いにも、知佳子は宣言どおり、二分とかからず頂上に至った。

「あ、イクッ、イクイクぅ」

上半身をガクガクと前後に揺らし、アクメの波に呑み込まれる。圭介は引き込まれて爆発しそうになったが、どうにか堪えた。

「あふっ、ハッ、はふ……」

熟女が息を荒ぶらせ、崩れるように前へ倒れる。年下の男に縋りつき、胸に甘えた。

艶やかな髪から漂う匂いに、圭介はうっとりした。シャンプーの残り香ではなく、汗と皮脂の正直なかぐわしさだ。何よりも好ましい。

そのとき、

「すごいわ……本当に入ってる」

下半身のほうから声がする。どうやら初美が結合部を覗き込んでいるらしい。視線を感じて、陰嚢がムズムズする。知佳子も察したのか、蜜穴をなまめかしくすぼめた。

4

愛液に濡れたペニスをティッシュで清めると、知佳子は硬いままのそれを口に含み、舌と唇でもクリーニングを施した。それも、もうひとりの同性が見守る前で。

「知佳子さんってば……」

大胆な年上の友人に、初美は嫉妬とも羨望ともつかない眼差しを向けていた。

(ひょっとして、堺さんもしゃぶりたくなってるんだろうか)

いや、そればかりではない。目の前で騎乗位セックスを見せつけられ、しかもペニスが女陰に突き立てられているところも覗き込んだのである。逞しいモノを、女の部分でも迎えたくなっているのではないか。

「堺さん」

呼びかけると、初美がハッとしてこちらを向く。それから、恨みがましげに睨んできた。

「中野君、意地悪ね」

「え？」

「知佳子さんのことは名前で呼ぶのに、わたしは苗字だなんて」

べつに意地悪でそうしたわけではない。おそらく初美は、こんな状況で他人行儀にされるのが気に食わないのだろう。親しみを持って接してほしいのだ。

「すみません、初美さん」

呼び直すと、恥ずかしそうに頬を緩める。

「中――圭介君、知佳子さんにオチンチンを舐められて、気持ちいい？」

「はい、とても」

「そう……」

やっぱり自分もしたくなっているのかなと考えたとき、知佳子が顔をあげる。

「初美ちゃんもやってみる？」

誘いの言葉に、けれど初美は首を横に振った。

「ううん。わたしには無理」

「無理って？」

「だって、したことないですから」

この返答に、知佳子は目を丸くした。

「え、そうなの？」

フェラチオの経験がないと知って、圭介も驚いた。結婚して二年と、まだ日が浅いのかもしれないが、三十二歳といい大人なのである。大学でも評判の美人なのだから、彼氏だって何人もいただろうに。

「そう言えば、ダンナさんの前に付き合った男のひとっているの？」

知佳子も同じ疑問を抱いたようで、初美に訊ねる。

「いません」

「え、それじゃ、ダンナさんひと筋だったの？」

「ひと筋っていうか、彼は大学時代の友達で、ちゃんと付き合ったのは結婚する一年ぐらい前からです」

「そうだったっけ？」

「はい。ギャンブルが好きなのを知ってましたから、そういうひととは付き合えないって、告白されても断ってました。だけど、絶対にやめるって約束してくれたし、それならって交際をＯＫしたんです」

知佳子が意外だという顔をする。ふたりは友人同士でも、もとが職場の同僚で、プライベートを根掘り葉掘り詮索するまでの間柄ではなかったのか。

「ええと、ダンナさん以外に、その、からだの関係を持った男性は？」

露骨な質問に、初美が眉をひそめる。

「いませんよ、そんなの」

「じゃあ、結婚するまでバージンだったの？」

「それは——い、いちおう付き合ってたときに、チョコチョコとはしましたけど」

だが、三十路《みそじ》手前まで清らかなからだだったのは事実らしい。

（こんな美人の奥さんで、しかも処女までもらったのに、旦那はギャンブルに走ったっていうのかよ？）

初美の夫に、圭介は怒りを覚えた。もしも目の前にいたら、弱気を振り払ってでも手を出したかもしれない。

「だけど、飲んだときとか、けっこうエッチな話をしてたじゃない。あと、初美ちゃんってキス魔だったし」

「だって、女同士じゃないですか。わたし、女子高に女子大だったから、そういうのって普通にしてたんです」

酔って猥談に興じたのは、処女であることにコンプレックスがあり、その反動だったのではないか。おそらく、耳年増でもあったのだろう。圭介もそうだったが、経験がないと知識だけはやたらと増えるのだ。

「ダンナさんにしゃぶってほしいって言われなかった?」

「言われましたけど、断りました」

「どうして?」

「だって、オシッコが出るところだし……」

「洗えば平気でしょ。じゃあ、手でしてあげただけ?」

「はい……」

「クンニは?」

略語での問いかけにもかかわらず、「あ、ありません!」と即答する。奥手で経験は乏しくても、知識はちゃんとあるようだ。

「されたくないの?」

「無理です。アソコを見られるだけでも恥ずかしいのに」

どうりで顔面騎乗を求められたときに、パンティを脱がなくていいと言われて安心したわけだ。

「でも、エッチはしたいんでしょ？」

「そりゃ……」

「だったら、圭介君のを舐めてあげなくちゃ。でないと挿《い》れてもらえないわよ」

もちろんそんなことはないのだが、初美は素直に信じたらしい。案外、やってみたいと思い始めていたのではないか。

「……わかりました」

うなずいて、知佳子の向かいに移動する。唾液に濡れた肉棒を受け取ると、頭の位置を下げた。

排泄器官だから抵抗があると言っていたわりに、意外にあっさりと尖端に唇をつけたものだから、圭介は驚いた。

「あうっ」

ペニスを基点に、甘美な電流が広がる。フェラチオの経験がない、清らかな唇を穢《けが》した背徳感もあって、やけに感じてしまう。

初美は酔うと、同性を相手にキス魔になったという。今も知佳子がしゃぶったあとだから、抵抗なく口をつけられたのではないか。舌を出し、艶々した粘膜をチロチロと舐めることまでした。

「初美さん、とても気持ちいいです」

圭介が声をかけると、髪から覗く耳が赤く染まる。奉仕したい気持ちが強まったのか、初美は漲り棒を真上から徐々に含んだ。

「ンふぅ」

口にモノを入れて息をするが難しいようで、小鼻がせわしなくふくらむ。やはり慣れていないのだ。

それでも、屹立の半ばまでが、口内に入り込んだ。

綺麗な横顔と、武骨な肉器官との対比が痛々しい。それゆえに淫らであり、罪悪感と快感がせめぎ合うように高まった。

（おれ、初美さんにチンポをしゃぶられてるんだ！）

しかも彼女にとって、これが初めてのフェラチオなのである。最初の男になれた感激で、愛《いと》しさもふくれあがった。

とは言え、やはり経験がないから、口に入れたものを吸い、ためらいがちに舌を這わせるのみ。どうすればいいのかわからない様子で、表情にも戸惑いが浮かんでいた。

そして、二分と持たずに顔をあげてしまった。

「難しいわ」

つぶやいて、何度も唾を呑み込む。わずかに眉をひそめたのは、カウパー腺液の粘りが口内にしつこく残ったためか。

「初めてにしては上出来よ。これから勉強すればいいんだから」

「ええ、そうですね」

「じゃあ、今度は圭介君に舐めてもらう？」

これに、初美は瞬時に顔色を変えた。

「そ、それはダメっ！」

「だったら、エッチしちゃおうか」

知佳子があっさり引き下がったものだから、圭介はがっかりした。いやらしい匂いを放つ恥芯に、直に口をつけたかったのに。

「はい」

初美が一転、安堵と期待の面持ちを見せる。オーラルセックスに抵抗はあっても、セックスそのものは好きなのだ。もしかしたら、処女時代が長かったぶん、夫となった男に求めまくったのかもしれない。

「でも、顔を見られるのは恥ずかしいんじゃない？　バックでするといいわ」

「あ、そうですね」

言われるままに、四つん這いのポーズを取る下着姿の人妻。ベッドに顔を伏せ、黒いパンティのヒップを高く掲げた。

「ブラは取らないの？」

熟女の友達に言われて、初美は首を横に振った。

「知佳子さんのおっぱいと、比べられたくないです」

やはりコンプレックスがあるのだ。

「でも、パンツは脱がせるわよ」

「はい。あ、でも──あまり見ないでください……」

「わかってる。心配しないで」

恥じらう年下の友人を安心させてから、知佳子がそっと目配せをしてくる。その意味を、圭介は理解できなかった。

(何かするつもりなのか？)

彼女は黒い薄物に手をかけると、たわわな臀部から剝き下ろした。

ぷりん──。

見るからにすべすべの、巨大な鏡餅みたいな双丘があらわになる。それももちろん魅力的であったが、圭介の目は太腿で裏返ったパンティの、秘部に密着していたところに向けられた。

(ああ、こんなに)

そこには乾いたものから粘液まで、白っぽい付着物がかなりあった。裏地も黒だから目立つのだ。

さっき嗅いだ淫靡な匂いも思い出して、胸が高鳴る。パンティが爪先からはずされると、思わず貸してくださいと言いそうになった。

すると、知佳子がこちらを向き、声を出さずに唇の動きだけで指示をする。

《舐めてあげて——》

彼女は間違いなくそう言った。圭介は無言でうなずき、あらわに晒された女芯に顔を近づけた。

酸味を増した淫臭が、鼻奥をツンと刺激する。短めの縮れ毛が囲む恥肉のほころびは、くすんだ色の花びらをはみ出させていた。

(これが初美さんの——)

ナマの女性器を目にするのは三人目だ。みんなかたちが違うんだなと、圭介は女性をより理解できた気がした。佇まいだけでなく、匂いも異なる。

ただ、どれも魅力的なのは変わらない。

「ほら、早く」

知佳子が囁く。じっくり観察している余裕がないことを、圭介は思い出した。

（おっとまずい）

初美に悟られる前にと、急いで女芯に口をつける。

ピクン——。

双丘が震え、谷間がキュッと閉じる。だが、何をされたのか、彼女はまだ気づいていないようだ。ペニスをあてがわれたと思っているのではないか。

それをいいことに、湿った窪地に舌を差し入れる。濃密な淫臭にうっとりしながら、愛液は塩気がわずかにあって、粘りは少ない。膣口をほじるようにねぶると、新たなぶんがトロリと溢れ出た。かなり昂っていると見える。

「え?」

初美が戸惑いの声を洩らす。恥割れをすぼめたかと思うと、

「イヤッ!」

悲鳴を上げて逃げようとした。こっそりクンニがバレたのだ。

圭介は咄嗟に豊臀を抱えた。そばにいた知佳子も友人の下半身を押さえて、抵抗を阻止する。

「だ、ダメ、舐めないで」

拒まれても、今さらやめられない。圭介は舌を躍らせ、かぐわしい源泉を味わった。

「気持ちいいでしょ、初美ちゃん」

年上に諭《さと》されても、素直に受け入れられなかったようだ。

「イヤイヤ、そこ、汚れてるんですぅ」

涙声で訴える。シャワーも浴びず男女の戯《たわむ》れに及んだことを、今になって後悔したのではないか。

「でも、圭介君は美味しそうに舐めてるわよ」

知佳子の言葉が嘘ではないことを、圭介は派手な舌づかいで証明した。ピチャピチャと音を立て、口淫奉仕にいそしむ。

「あ、ダメ……いやぁああ」

初美は抗って身をくねらせるものの、次第に動きが鈍くなってきた。豊かな腰回りをピクピクさせ、息づかいもなまめかしい。

「ふはっ、あ、あふぅう」

喘ぎが著しくなると、ベッドに顔を埋めて抑える。明らかに感じているようだ。

（よし、これなら——）

圭介にも自負があった。初めてのクンニリングスで奈央を絶頂させたし、経験豊富であろう知佳子にも、上手ねと褒められたのだ。ここは是非とも、初美に最高の歓喜を味わわせたい。

敏感な花の芽を標的にすると、「あ、あっ」と差し迫った声が聞こえた。

「そ、そこ……ダメなのぉ」

駄目というのは弱点の意味だと解釈し、徹底的に攻める。同時に、指も蜜穴に埋没させた。セックスが好きなら、挿入も快いはずだから。

思ったとおり、彼女は「はああーっ！」と尾を引く嬌声をほとばしらせた。

「そ、そんなにされたら、おかしくなっちゃう」

是非ともなってもらいたくて、舌も指もみっちりと働かせる。

「イヤイヤ、よ、よすぎるぅ」

女らしく熟れた下半身が、くねくねと暴れた。

ラブジュースが多量に分泌され、圭介の口周りはベタベタだ。指も付け根どころか、掌まで濡らされた。

初美はかなり高まっているかに見える。だが、秘部を舐められるのは初めてだし、抵抗感や羞恥もあって、なかなか波に乗れないのではないか。

そのため、焦れてきた様子である。ちゃんと気持ちよくなりたくて、肉体が逞しい牡を求める。

「な、舐めるのはもういいから……オチンチン、い、挿れてぇ」

とうとうはしたなくおねだりをした。

「圭介君、そのぐらいでいいんじゃない?」

知佳子も見切りをつける。名残惜しかったが、圭介は女芯から口をはずした。濡れた恥毛がべったりと張りついて、生々しさを際立たせる女の園。はみ出した花弁も腫れぼったくふくらみ、いっそう淫らに咲き誇っていた。

「ふは……はあ」

初美は顔を伏せたまま、肩で息をしている。そのくせ、たわわなヒップは誘うようにくねるのだ。

「ほら、オチンチン、挿れてあげて」

促されて、圭介は膝立ちになった。知佳子が脇から手を差しのべ、反り返った肉根を握る。前に傾け、息吹く蜜芯へと導いた。

「うう」

たっぷり濡れたところに亀頭をこすりつけられ、くすぐったい気持ちよさに目がくらむ。危うく果てそうになったが、どうにか堪えた。

（まずいぞ。このままだと――）

魅力的な年上女性をふたりも相手にして、今日はまだ一度も射精していないのだ。このまま交わったら、憧れていた美女と結ばれた感激から、たちまちザーメンをほとばしらせる恐れがある。

さりとて、ここまでお膳立てが整ったら、今さら中止なんてできない。

（ええい、どうにかなるさ）

目の前の快楽にすべてを委ねる決意をしたところで、

「いいわよ」

知佳子に声をかけられる。圭介は「はい」とうなずき、腰を前に送った。

ぬぷ――。

膨張しきった頭部が蜜窟に嵌まったところで、筒肉の指がはずされる。

「あふぅ」

初美がのけ反り、肩甲骨《けんこうこつ》が天使の羽根みたいな影を作った。

（よし、このまま）

圭介はもっちりした尻肉を両手で支え、残り分を女体の中へ送り込んだ。

「ああ、あ、来るぅ」

嬌声が室内を桃色に染める。牡を迎え入れた狭穴が、さらにキツくすぼまった。

（入った――）

下を見れば、分身は臀部の切れ込みに、ほんの数ミリ覗くだけ。憧れていた女性とひとつになれて、からだ中の血潮が滾るようだった。

「くうう、いっぱい」

初美が裸体を震わせる。包み込んだものを確かめようとしてか、膣ヒダが蠢《うごめ》くのがわかった。

「初美ちゃん、圭介君のオチンチンはどう？」

知佳子が問いかける。

「うう……お、おっきくて、硬いです」

「いっぱい突いてもらいなさい」

その言葉を合図に、圭介は強ばりを抜き挿《さ》しした。最初から気ぜわしい腰づかいで。矢も盾もたまらなくなっていたのである。

「あ、あ、気持ちいいッ」

やはり中が感じるらしい。初美があられもなくよがった。

艶尻の谷間に見え隠れする肉根は、筋張った胴に白い濁りをまといつける。そこから男女のケモノっぽい匂いがたち昇ってきた。

「すごいわ。オチンチンが、オマンコに出たり入ったりしてる」

結合部を覗き込み、知佳子が感動した声音で報告する。

「いやぁ、み、見ないで」

初美がイヤイヤをするみたいにヒップを振り立てた。

「なに言ってるの。初美ちゃんだって、わたしのオマンコにオチンチンが入ってるところ見たんじゃない」

騎乗位で昇りつめたあと、その部分を年下の友人に観察されたとわかっていたのだ。

「わたしにだって、ふたりのエッチを見る権利があるわ」

「うう……イヤぁ」

羞恥に身をよじる人妻を、圭介は激しく責め苛んだ。肉棒を杭打たれる淫窟が、ぢゅぴぢゅぴと卑猥な音をたてるほどに。

「あん、あん、深いのぉ」

もはや見られてもかまわなくなったか、初美は歓喜に身をよじった。

（あ、ヤバいかも）

危ぶんだとおり、圭介は早くも限界だった。鼠蹊部《そけい》が甘く痺れ、愉悦のトロミが早く出たいとばかりに、勃起の根元で暴れ回る。

仕方なく動きを止めると、初美が不満げに「ああーん」と嘆いた。

「え、どうしたの？」

知佳子も怪訝な面持ちを見せる。

「すみません……もうイキそうなんです」

正直に伝えると、彼女はなるほどという顔でうなずいた。そろそろだろうと悟っていたのではないか。

「初美ちゃん、圭介君、もうダメみたい」

「え？」

「イッちゃいそうなの」

女芯を貫かれたまま、初美が振り返る。その表情には落胆が浮かんでいた。

「しょうがないわよ。初美ちゃんのオマンコが気持ちよすぎるんだって」

「そんな……」

「心配しないで。圭介君は若いから、何度だってできるわ」

知佳子が安請け合いをする。確かにふたりが相手なら、いくらでも復活するだろう。

「だから、このまま出させてあげてもいい？　わたしとはずっとゴムを使ってたから、圭介君もナマでイキたいわよね」

　色っぽい目で訊ねられ、圭介は「できれば」とうなずいた。

「……まあ、それはいいですけど」

「生理はいつ？」

「もうすぐです」

「じゃあ、だいじょうぶね。初美ちゃんのオマンコにどぴゅどぴゅ出せば、気持ちよくって、オチンチンも硬いままだと思うわ」

　抜かずの二発を期待したのか、蜜穴がなまめかしく収縮する。

「いいわ……中にいっぱい出して」

　誘う腰づかいで、初美が再開を促した。

（初美さんの中に射精できるのか！）

　中出しが久しぶりということもあって、俄然その気になる。圭介はストロークの長いピストンで、膣奥を突きまくった。

「あ、あ、いい、もっとぉ」

　嬌声を耳にして励むことで、一分とかからず頂上に至る。

「うう、で、出ます」

「いいよ、イッて」

「あ、ああ、いく、出る」

全身を蕩《とろ》ける悦びにひたし、圭介は濃厚なエキスを勢いよく放った。三十二歳の人妻の子宮口に。

「くうう、あ、熱いー」

体奥にほとばしりを感じたか、初美が裸身をワナワナと震わせる。蜜穴の締めつけが心地よくて、腰が止まらない。

「おお、おお」

太い喘ぎを吐きながら、圭介はしつこく抽送を続けた。逆流したザーメンが、中でグチュグチュと泡立つのが聞こえる。

「あうっ」

ほとんど出し終えたところで、圭介は背すじをピンとのばした。知佳子が後ろから股間に手を入れ、陰嚢を握ったのである。

「ふふ、タマタマが持ちあがってるわ」

いたわるようにモミモミされ、駄目押しの快感に、最後の雫《しずく》がピュッとほとばしる。

「くはッ、ハッ、はふぅ」

深い呼吸を繰り返し、どうにか体勢を立て直す。その間も玉袋を愛撫されたため、オルガスムスの余韻が長引いた。

「あ、ホントだわ。すごい」

初美が嬉しそうに言う。

「え、どうしたの？」

「オチンチン、まだ元気。わたしの中で、ビクンビクンって脈打ってるわ」

おそらくそれは、知佳子のおかげでもあったのだろう。そうなると意図して、牡の急所に触れたかどうかはわからないが。

「ね、言ったとおりでしょ」

得意げな声が耳に遠い。射精の快感が凄まじく、しかも長く続いたせいで、圭介は頭がぼんやりしていた。

「ほら、今度は初美ちゃんをイカせてあげて」

陰嚢を解放した手が、尻をぴしゃりと叩く。鞭《むち》打たれた馬さながらに、圭介は腰振りを再開させた。

「あ、ああ、いいッ。オマンコ溶けちゃうぅ」

初美が乱れ、あられもないことを口走る。

「ねえ、初美ちゃんが終わったら、次はわたしよ」

知佳子の貪欲な求めに、そら恐ろしいものを感じる。最後の一滴まで、ふたりの美女に搾り取られるのではないか。

（いや、それでもかまわないさ——）

いっそ、彼女たちの奴隷になってもいい。最高のひとときを愉しむべく、圭介は快い交わりに励んだ。

第四章　愛しの先輩、故郷に還《かえ》る

1

タチの悪いチャラ男がいなくなり、知佳子のところへ行く理由はなくなったと思った。けれど、彼女の友人である初美を助け、ふたりと濃密な一夜を過ごしたことで、状況が変わる。

（これからは、知佳子さんと初美さんの、ふたりとできるんだ！）

まさに酒池肉林と呼ぶべき、悦楽まみれの日々が送れると信じられた。

ところが、三人で戯れたあと、まったくお呼びがかからなかったのだ。一度、知佳子から電話があり、初美の離婚と債務放棄に手間取っていると伝えられた。彼女たちもなかなか大変なようである。

そうなると、こちらから愛欲の機会を求めるのはためらわれる。すべてが片付いたら、またお祝いの宴《うたげ》に招いてもらえるだろう。それまで待つしかない。

（ていうか、奈央ちゃんからの連絡もないんだよな……）

そのことに気がついたのは、知佳子から電話をもらったあとだった。考えてみれば、熟女のマンションに通うようになって以来、ＳＮＳアプリのメッセージが途絶えていたのである。

もしかしたら、他に女ができたと気がついて、愛想を尽かされたのか。いや、そんなはずはないとかぶりを振っても、どうも後ろめたい。怖くて近況を訊ねるメッセージも送れなかった。

かくして、オナニーで欲望を解消する日々が続いた。

それまで女性運というか、色事運が絶好調だったぶん、胸にぽっかりと空洞ができた気分だ。だが、どんな状況でも、日々の仕事はこなさねばならない。

その日、引越し作業を終えて帰ったのは、夕方であった。トラックを車庫に入れ、帳簿の記入を終えたところで、事務所の電話が鳴る。

「はい、ナカノ運送です」

『あの、そちらで単身の引越しを請け負ってますよね？』

先方は、若い女性の声であった。

「はい、承っております」

『急で申し訳ないんですけど、明日ってお願いできますか？』

本当に急だなと戸惑いつつ、スケジュールを確認する。

「ええと、夕方以降でしたら可能ですが」

『はい。それで、かまいません』

「現在のお住まいは都内ですよね？」

『ええ。××区なんですけど』

なんと隣の区であった。これまでの依頼は区内ばかりだったから、評判が広く伝わっているのだろうか。

「そうですか。では、引越し先はどちらでしょうか？」

『○○県です』

これには、圭介は驚かずにいられなかった。そこは日本海側で、東京からだとかなりの距離があるからだ。

「あのう、ウチは距離に応じて料金が加算されるのですが、かまいませんか？」

『はい、お願いします』

「それから、お客様も車に同乗されるのですか？」

『そのつもりですけど』

そうすると、若い女性と深夜にドライブをすることになるのか。それもいいかと、圭介は請け負うことにした。

「承知いたしました。では、お客様のお名前をお願いします」

『豊島です』

「……え、とよしま？」

聞き覚えがあるなと思ったところで、女性がクスクスと笑い出した。

『わたしの声だって、わからなかったみたいね、中野君』

そこまで言われて、ようやく相手が誰なのかを知る。大学時代の先輩で、圭介が初めて親密にふれあった女性——未紗だったのだ。


翌日、未紗の住まいに到着したのは、午後六時を回ってからだった。

そこは住宅地の中の、ごく普通のアパートだ。二階建てで、部屋数はぱっと見で十戸ほどか。

未紗はアパートの前で待っていた。

「久しぶりね、中野君」

トラックから降りるなり、笑顔で迎えられる。圭介は戸惑いを隠せず、「ど、どうも」と頭を下げた。

（先輩、なんだか変わったな……）

圭介が知っている彼女は、いかにもオカルトサークルに所属していますという雰囲気の、黒を基調とした神秘的な装いが常だった。そのため、卒業式で他の女子学生たちと変わらぬ袴姿を目にしたとき、違和感を覚えたのである。

それからもうひとつ、一糸まとわぬ姿も目撃しているが、それはまた別の話だ。

今の未紗は、かつての印象とは異なる。長かった黒髪が肩ぐらいまでの長さになり、茶色に染められていた。

服装は、カラーシャツにデニムのミニスカート。膝上までの長いソックスを履いているため、色白の太腿が肉感を際立たせる。大人びて見えた学生時代よりも、二十八歳になった今のほうが若々しいぐらいだ。

あの頃はオカルトサークルに入っていたものだから、それに合わせてキャラクターを作っていたのかもしれない。実際、コンパでサシ飲みしたときや、ラブホテルでの振る舞いに関しては、普段の彼女と違っていた。酔って多少なりとも素が出ていたのではないか。

（てことは、今のこれが、有りのままの先輩なんだろうか）

そんなことをぼんやり考えていたら、目の前で手をひらひらと振られた。

「だいじょうぶ？」

怪訝な面持ちをされ、我に返る。

「ああ、すみません。仕事が立て込んでいて、ちょっと疲れてるので」

咄嗟に口から出た言い訳は、あながち嘘ではなかった。今日も別の引越しを終えてから、ここへ来たのである。

「そっか。ごめんね。わたしが無理言っちゃったから」

未紗に謝られて、圭介は「いいえ」とかぶりを振った。

「先輩とまた会えて、引越しのお手伝いもできるんです。何があったって、絶対に来ますよ」

それも嘘偽《いつわ》りのない本心である。ただ、会うからには確認したいことがあった。

あの日、自分は未紗を相手に童貞を卒業したのか。ずっと気になっていたことを、本人の口から聞き出したかったのだ。

とは言え、会ってすぐに問いただせるようなことではない。旧交を温め、打ち解け合ってからでも遅くはなかった。おそらく今夜は、ふたりで長い時間を過ごすことになるのだから。

「そう言ってもらえると嬉しいな。それじゃ、荷物を確認してもらえる？」

「はい、わかりました」

未紗に案内され、圭介はアパートの階段を上がった。

途中、さりげなく彼女を見あげたものの、残念ながらミニスカートの中は拝めなかった。見えるか見えないかの、微妙な丈だったのである。

（——いや、何をやってるんだよ）

いくら親密な時間を過ごした間柄でも、いちいちやらしい目で見るんじゃない。圭介は自らを叱った。ここしばらくオナニーばかりだったから、欲求不満が高じているとでもいうのか。

部屋の中はすっかり片付いていた。段ボール箱がいくつかと、組立式の書棚をバラしたもの、あとはパソコンとテレビが、奥の六畳間に置いてあるのみだ。キッチンも含めて、掃除もすべて終わっていると見える。

「荷物はこれで全部ですか？」

「ええ。冷蔵庫だとか、ベッドとかの大きいものは友達にあげたりして、みんな処分しちゃったの。実家に持って帰ってもしょうがないし」

「そうですね」

納得しつつも、一抹の寂しさを禁じ得ない。未紗は東京を離れ、故郷に帰るのだ。

そのことは、昨日の電話で教えられた。最後の荷物も、こっちにいる親戚が実家まで運んでくれる手筈になっていたのだが、急に都合が悪くなったとのことだった。

アパートの退出期限があったため、彼女はあちこちのツテを頼り、車を出してくれるところを探したという。そして、かつてのサークル仲間から、圭介の家で引越しを請け負っていると教えられたそうだ。

かくして、思いもよらぬ再会が果たせたわけであるが、

（せっかく会えたのに、先輩は東京からいなくなっちゃうのか……）

圭介は落胆を隠せなかった。

卒業式以来、未紗とは何の繋がりもなかったのだ。仮に、あのあと彼女が帰郷していたら、おそらく一生会えなかったであろう。先輩がどこにいるのか捜そうともしなかったし、どうして今さら別れを惜しむ必要があろうか。

要は、なまじ再会したものだから、寂しさが募るのである。しかも、会ったその日に離ればなれだなんて。

だが、もしかしたらこれは、運命的な出会いなのかもしれない。積年の疑問が明らかになる、絶好のチャンスなのだ。

未紗とふたりで荷物を運び、トラックの荷台に載せる。かさばるものはないので、昇降ハシゴを使うまでもなかった。

最後に幌を掛けて、作業は完了である。

彼女は室内を点検し、何も問題がないことを確認してから、分電盤のブレーカーを落とした。ドアを閉めて施錠すると、鍵を郵便受けから室内に入れる。

「あとで大家さんがチェックして、連絡してくれることになってるの。敷金のこともあるし」

未紗に言われ、圭介はうなずいた。部屋は綺麗に使われていて、特に瑕疵《かし》など見当たらなかった。敷金はほとんど戻るのではないか。

「それじゃ、出発してもいいですか？」

「そうね。あ、中野君、お腹空いてない？」

「え？　ああ、そうですね」

前の仕事を終えてそのまま来たから、夕食を食べていないのだ。

「じゃあ、あとでこれを食べようね」

そう言って、彼女がバッグから取り出したのは、アルミホイルで包んだ丸いもの。

「残ってたお米、全部おにぎりにしたの。たくさんあるから、いっぱい食べて」

にこやかに言われて、胸がはずむ。先輩の作ったおにぎりなんて、何よりも嬉しいご馳走だ。

「じゃあ、行きましょ」

「はい」

ふたりはトラックに乗り込み、アパートをあとにした。

2

都内を抜けるまでは、道路もわりあい混んでいたが、県境を過ぎると流れがスムーズになった。高速は空いており、圭介は快調にアクセルを踏み込んだ。

長いドライブも、少しも退屈ではなかった。未紗がいたからだ。

「親戚のひとに荷物を運んでもらえたら、わたしは別便で、深夜バスか電車で帰るつもりだったの」

「ああ、そうだったんですか」

「でも、中野君のところの引越しは、車に乗せてくれるって聞いたから、断然そうしてもらおうと思ったの。ひとりで帰るなんて退屈だし、旅は道連れでしょ」

朗《ほが》らかに言われて、圭介も嬉しくなった。

あの日、コンパの席で盛りあがったみたいに話がはずむ。大学時代の思い出話から、卒業後に何をしていたのかまで、話題は尽きなかった。

未紗が有名企業の内定をもらったのは、圭介もサークル仲間から教えられていた。彼女はそこに勤めて、わずか二年で退職したという。

「いちおう努力したんだけど、なんだか雰囲気が合わなかったのよ」

と、いかにも彼女らしい理由で。マイペースなのは、どうやらもともとの性格だったらしい。

その後は、アルバイトをしながら生計を立ててたとのこと。好きなバンドのライブや展覧会など、様々なイベントを見て回り、東京生活を満喫したそうだ。

「会社を辞めるときに、だったら田舎《いなか》に帰れって、親に期限を決められちゃったの。だから、それまでのあいだ、悔いのないように楽しもうと思ってね」

「そうだったんですか」

「まあ、結婚相手でも見つかったら、話は違ったんだけど。それなら親も、無理に帰れとは言わないだろうし」

圭介はドキッとして、ハンドル操作を誤りそうになった。

「それじゃあ、東京でそういうお相手を探してたんですか?」

恐る恐る訊ねると、未紗が助手席で「んー」と腕組みをする。

「特に探してたってわけじゃないわ。出会いは期待してたけど、理想の相手なんて、そう簡単に巡り会えるはずがないし」

つまり、生涯を共にする相手が見つかれば、田舎へ帰らず東京で生活することができるのか。

(だったら、おれが先輩と結婚して——)

喉まで出かかった言葉を、圭介は呑み込んだ。再会したばかりで、そこまで申し出るのは図々しすぎるからだ。たとえ、ラブホテルで親密なひとときを過ごした仲であっても。

せめてそのことが話題にのぼれば、思い切って伝えられたのである。ところが、大学時代の思い出を話すときも、未紗はあの日の出来事には一切触れなかったのだ。

圭介がそれとなく、ふたりで飲みましたよねと水を向けても、そうだったわねで終わり。コンパのあとのことなど、完全に忘れてしまったかのように。

いや、本当に忘れているのではないか。あのとき、彼女もかなり酔っていたはずだから。

少なくとも、目を覚ましたあとの先輩は素面《しらふ》に見えた。とは言え、まったく酔っていなかったとは言い切れない。浴室でオシッコをしたり、フェラチオをしてザーメンを飲み干したりと、大胆この上なかったのだから。

よって、圭介が記憶を無くしたみたいに、彼女も憶えていない可能性がある。

いっそのこと、もっとストレートに訊ねればいいのだ。コンパのあと、ラブホテルに入りましたよねと。

しかし、もうひとつ懸念がある。もしかしたら未紗は、あの件を忘れたいのかもしれない。酔った上での過《あやま》ちに過ぎないからと。

そう考えると、蒸し返していいものかとためらわれる。

肝腎なことには触れられないまま、ドライブは続く。真相が明らかにされないもどかしさも、ふたりの会話がはずんだから、いつしか気にならなくなった。

「あ、忘れてた。おにぎり」

不意に未紗が思い出す。途端に、圭介は空腹を覚えた。

「じゃあ、どこかに入りますね」

「うん。次のサービスエリアってどこ？」

「ええと……×××ですね」

カーナビとして使っていた、スマホのマップで確認して教えると、

「あ、そこがいいわ」

彼女が声を明るくはずませた。

「すごく景色がいい展望台があるのよ」

「だけど、もう夜ですよ」

出発したときにはすでに、日は完全に沈んでいたのだ。

「でも、雰囲気ぐらいは味わえるんじゃない？」

夜の展望台なんて、単に不気味なだけだと思うのだが。それこそ、心霊ビデオとかでも取り上げられることが多い。

もっとも、案外夜景が綺麗なところかもしれない。それならばロマンチックだし、いい感じで話もできるのではないか。

他ならぬ先輩の要望であり、圭介はそのサービスエリアへ急いだ。早くおにぎりにありつきたかったためもある。

ちょうど空いている時間帯だったのか、広い駐車場はガラガラだった。売店の建物

に近いところに車を停め、トイレを済ませてから。ふたりで展望台へ向かう。

「あ、飲み物を買ってきましょうか」

丸太でこしらえた階段を上がりかけたところで、圭介は声をかけた。

「いらないわ。水筒にお茶があるから」

先に歩く未紗が、振り返らずに答える。準備がいいんだなと感心し、申し訳程度の街灯に照らされた薄暗い階段をのぼった。

すぐに着くものと思えば、展望台まではけっこうな距離があった。夜ということもあってか、他にそちらへ向かう人間は見当たらない。

登り切ったところは、柵に囲まれた広場であった。ボール遊びができるぐらいの面積があり、小さな東屋《あずまや》と、背もたれのないベンチがいくつもある。もちろん、誰の姿もない。

明かりは端っこにひとつしかなく、あとは細い三日月が遠慮がちに照らすのみだ。木々もなく開けているぶん、途中の階段よりは明るい程度か。

そのため、満天の星がよく見えた。

「わあ、綺麗」

空を仰ぎ、未紗が感嘆の声を上げる。圭介も、くっきり見える天の川に目を瞠った。

「本当だ。星って、こんなにたくさんあるんですね」

子供っぽい感想に、先輩がクスクスと笑う。

「東京じゃ、ここまで星が見えないものね」

「そうですね。ていうか、夜空を見あげることだって、ほとんどないかも」

周囲は山のようで、期待したような夜景などどこにもない。しかし、この星空だけで充分だ。

東屋だと屋根があって星が見えないので、圭介たちはベンチで遅い夕食をとった。

「はい、どうぞ」

未紗に渡されたおにぎりはまん丸で、ずっしりと重みがあった。アルミホイルを破くと、全体に海苔を巻いたものが現れる。漫画に出てくる爆弾みたいだ。

ひょっとして、何かとんでもない具が隠されているのではないかと危ぶみつつ、空腹に耐えかねてかぶりつく。

「うん、旨い」

思わずうなずいたほどに美味しかった。

まず、ご飯そのものの味がいい。それを控え目な塩気と、海苔の風味が引き立てる。

さらに食べ進めると、具は大きめの梅干しだった。種も抜いてあって、作り手の愛情が感じられる。シンプルであるがゆえに、食欲をそそる逸品であった。

気がつけば、一個をぺろりと食べてしまった。

「そんなにお腹が空いてたの？」

未紗があきれた口振りで言う。

「いや、とっても美味しかったから」

「そう？　普通の梅干しおにぎりよ。お米はウチの田舎で収穫されたものだけど」

彼女の家で作っているわけではなく、近所の農家と契約して、毎年玄米を買っているそうである。それを精米し、娘にも送っていたという。

「はい、お茶」

水筒から注いだものを、未紗が手渡してくれる。温かなほうじ茶で、これもおにぎりによく合う。

かなりの大きさがあったのに、空腹だったためもあって、圭介は二個を難なく平らげた。未紗は一個が限界だったらしい。

「まだふたつあるから、あとで圭介君にあげるわ。帰りにでも食べてね」

「はい。ありがとうございます」

本当はまだ食べられたが、満腹になって眠気に襲われたら、運転に支障が生じる。

それに、楽しみはあとに取っておきたい。

ふたりでほうじ茶を飲み、星空を眺める。使うコップはひとつだ。自然と、ふたりで飲んだコンパのことが脳裏に蘇る。

「あのときもこうでしたよね」

瞬《また》く星に目を向けたまま、圭介は感傷にひたって告げた。今なら迷いなく、彼女に訊けそうな気がした。

「え、あのとき？」

「新歓コンパで、ふたりで飲んだときです。おれが二年生で、先輩が四年生のとき。あのときもグラスひとつで、かわりばんこに飲んだんですよね」

「ああ……」

未紗も思い出したようだ。それを受けて、間を置かずに話を続ける。

「おれ、すごく酔っ払って、気がついたらホテルにいたんですよね。先輩といっしょに」

「そうだったわね」

否定も疑問も口にしないということは、忘れたわけではなかったのだ。

「実は、おれ……あのときの記憶がないんです」

「え？」

「いや、ホテルに入る前と、入ったあとが思い出せなくて。ベッドで目が覚めてからは、ちゃんと憶えてます」

視線を空から未紗に移す。黒く澄んだ瞳が、こちらをじっと見つめていた。

「おれ、童貞だったんです」

恥ずかしい告白をあえてしたのは、本当のことを教えてもらうためだ。

「だから、あのとき先輩と最後までしたのか、ずっと気になってて。先輩は、おれの初めてのひとなんですか？」

シャワー後の行為が不首尾に終わったことは、彼女も憶えているだろう。記憶をなくしていたあいだに初体験を遂げたのかどうかが知りたいと、理解してくれたはずだ。

未紗はすぐに答えなかった。無言の時間が続き、圭介が気まずさを覚えてようやく、

「そっか……憶えてないのね」

彼女がポツリと言った。

「すみません。あんなに酔っぱらったのは、初めてだったんです」

「だったら、思い出せばいいんじゃない？」

小首をかしげて言われ、大いに戸惑う。

「いや、どうやって？」

それができれば苦労はないのだ。

未紗が尻をずらし、こちらに身を寄せてくる。今さらのように甘い体臭を嗅いで、圭介の心臓がバクバクと音を立てた。

「方法はあるわ」

「え？」

「もう一回すれば、本当にしたのかどうか、きっとわかるはずよ」

挿入した感覚をからだが憶えているはずだから、思い出せるというのか。

(先輩、本気なのか？)

ちゃんと呼吸をしているはずなのに、やけに息苦しい。どう返答すればいいのかわからず固まっていると、彼女が瞼を閉じた。顎を上に向けて、唇を差し出す。

キスを求められているのだと、すぐわかった。応じずにいたら、先輩に恥をかかせてしまうことも。

さりとて、いきなりだったから、心の準備ができていない。

(ええい、これが初めてじゃないんだぞ)

あの日だって、未紗と唇を交わしたのである。それに、彼女はもう一回すればわかるはずだと言った。

(今度こそちゃんと、先輩と最後までできるんだ)

このぐらいで怖じ気づいてどうすると、自らに言い聞かせる。圭介は細い肩を抱き、桃色に艶めく唇を奪った。

「んふ」

触れるなり、未紗が吐息をこぼす。おにぎりに巻いてあった、海苔の香りがほのかにした。

抱擁して顔を傾け、互いの唇を貪る。どちらからともなく舌が差し出され、ピチャピチャと戯れあった。

(先輩とキスしてるんだ……)

あのときもしたのに、泣きたくなるほど感動する。もしかしたら未紗が卒業したあとも、無意識に彼女を求め続けていたのだろうか。それがようやく叶って、こんなにも胸が締めつけられるのかもしれない。

「ふう」

唇が離れると未紗が息をつき、トロンとした目で見つめてくる。

「中野君のキス、気持ちいいわ」

「そうですか？」

「あのときは童貞だったって言ったけど、そのあと、ずいぶん女の子を泣かせてきたんじゃない？」

「そ、そんなことありませんよ」

「本当かしら？」

彼女の手が股間にのばされるのが、気配でわかった。事前に察していたにもかかわらず、

「あうっ」

股間を握られるなり、だらしなく声を上げてしまう。

「じゃあ、オチンチンに直接訊いてみるわね」

キスで昂奮し、半勃ちになっていたペニスが揉まれる。ズボン越しでも快く、海綿体が血流を集めた。

「うふ、硬くなったわ」

そこが漲ったのを確認し、未紗がズボンの前を開く。

「おしりを上げて」

指示に従うと、ブリーフごと足首まで脱がされる。そそり立つ分身が、夜の戸外で

あらわにされた。

（うう、そんな……）

　こんなところまで来る者はいないであろう。他人に見られる心配はないとしても、やはり居たたまれない。外で下半身を露出するなんて、初めてなのだ。

　だが、柔らかな手で屹立を握られ、余計なためらいは消え失せる。この場にいるのは、自分たちふたりだけなのである。

「やっぱり大きいね、中野君のオチンチン」

　武骨な肉器官に目を細め、未紗が手を上下に動かす。ゆるゆるとしごかれ、圭介はベンチの上で尻をくねらせた。

「あ、あああっ、ううう」

　目のくらむ悦びに、鼻息が荒ぶる。決して技巧を凝らした愛撫ではないのに、こんなにも感じるのは、やはり特別なひとだからなのか。

　手にしたモノの真上に、彼女が顔を伏せる。ひょっとしてフェラチオをされるのかと、ドキッとした。

「ねえ、キミは何人のオマンコに入ったの？」

　禁断の四文字を口にされ、別の意味で動揺する。美しい先輩がそんなことを言うなんて、とても信じられなかったのだ。

「あ、そうなの。ふうん」

ペニスと会話をしているふうに装い、未紗が相槌を打つ。はしたないことを平然と口にしたわりに、やっていることは子供っぽい。

「あのね、オチンチンが言うには、三人だって」

顔をあげた彼女の報告に、圭介は驚いた。奈央に知佳子に初美と、合わせれば確かに三人だからだ。

（いや、当てずっぽうだろ？）

そうは思っても、数字がぴったり合ったものだから、何か知っているのではないかと勘繰ってしまう。

未紗もすべてお見通しという顔つきで、こちらを見つめている。もしかしたら、今回の再会もたまたまではなく、彼女にずっと見張られていたのではないだろうか。

疑心暗鬼に陥ったところで、三人だとひとり足りないことに圭介は気がついた。

「それって、先輩は数に入っていないんですね」

つまり、あのとき初体験を遂げていなかったのだ。圭介はがっかりした。

ところが、未紗が愉快そうに笑みをこぼしたものだから、きょとんとなる。

「そっか。わたし以外に、三人としたのね」

言われて、余計な発言をしたことに気がついた。三人の女性とセックスしましたと、自ら認めたにも等しいではないか。

「ひ、ひどいですよ、カマをかけるなんて」

クレームをつけると、未紗が「あら」と反論する。

「わたしはただ、適当な数を言っただけよ。だいたい、オチンチンがそんなことをバラすわけないじゃない」

真っ当なことを言われて、二の句が継げなくなる。いい年をして子供っぽいのは自分だったなと、圭介は情けなくなった。

すると、彼女が再び亀頭に向き直る。

「三人か、けっこう頑張ったね。わたしも教えた甲斐があったわ」

その発言に、圭介の心臓は早鐘となった。では、やはり未紗が、初体験の相手だったのか。

(だけど、フェラチオのことかもしれないし……)

彼女にしゃぶられ、口の中に発射したのだ。そのことを言っている可能性もある。

どっちなのか訊ねたところで、教えてはもらえないだろう。実際にすればわかると言ったのだから。

だったら、すぐにでも確かめたいと思ったとき、未紗がまた顔を伏せた。

「あああっ」

肉槍の穂先を含まれ、強く吸われる。たまらず声を上げるなり、舌がねろりねろりと回り出した。

「ちょ、ちょっと、先輩」

罪悪感にまみれ、圭介は呼びかけた。

最初のときも彼女に咥えられたけれど、あれはシャワーを浴びたあとだった。今日は昼間から働きどおしで汗をかいていたし、股間もかなり蒸れている。汚れているし、匂いもかなりキツいはずである。

ところが、未紗は少しも気にならない様子で、舌をねっとりと絡みつける。ピチャピチャと音を鳴らし、肉棒に染みついたものを味わっている様子だ。

(うう、気持ちいい)

快感が罪悪感を押し流す。圭介は剝き出しの下半身をわななかせた。

「ふう」

ひと息ついて、未紗が顔をあげる。唇を思わせぶりにぺろりと舐め、艶っぽい眼差しを向けてきた。

「中野君のオチンチン、とっても美味しいわ。前に舐めたときよりもずっと」

辱めるためではなく、素直な気持ちを口にしているのだとわかる。おかげで、居たたまれない気持ちが完全になくなった。

「ねえ、中野君の精液、飲ませてくれる？」

「え？」

「とっても美味しかったから、また飲みたいの」

ザーメンの味は、知佳子にも褒められた。だが、気分的なものであろうし、圭介は本気にしていなかった。

けれど、未紗までも飲みたがるということは、

（おれのって、そんなに味がいいのか？）

だからと言って、自分で飲んでみようとは思わない。飲んでもらうのも申し訳ないし、断るつもりでいた。

ところが、

「飲ませてくれたら、中野君の言うことを何でも聞いてあげるわよ」

交換条件を出されて気が変わる。つまり、自分も彼女のアソコを舐めることができ

るのだ。仮に本人が望んでいなくても。

「わかりました」

承諾すると、未紗がニッコリと笑う。薄明かりでも眩《まぶ》しい笑顔に、胸が締めつけられるようだった。

(先輩……やっぱり綺麗だ)

彼女は男根奉仕を再開させると、いっそう派手な舌づかいと吸引で、年下の男を快楽の淵に溺れさせた。

ちゅぷ……チュッ――。

口許からこぼれる水音が、おしゃぶりのねちっこさを伝える。真下の急所にも手が添えられ、優しく揉まれることで圭介はぐんぐん高まった。

「せ、先輩、すごくいいです」

声を震わせて悦びをあらわにすると、尖らせた舌先がくびれの段差を何度も辿る。敏感なところを執拗に刺激され、くすぐったさを強烈にした快感に、頭がおかしくなりそうだ。

圭介は三分と持たず、頂上を迎えた。

「あ、あ、もうすぐです。出ます」

差し迫ったことを告げると、舌が気ぜわしく動き回る。口からはみ出した肉竿も指の輪でこすられ、その瞬間が訪れた。

「あああ、いく、出る」

裸の腰をガクガクと揺すり上げ、牡のエキスを噴射する。分身がしゃくり上げるのに合わせて強く吸われ、頭の中が真っ白になった。

(すごすぎるよ……こんなの──)

ありったけの精を放ち、脱力する。すべてを出し切ってもなお、未紗が過敏になった粘膜をペロペロと舐め続けたものだから、圭介は悶絶するところであった。

3

「おれ、先輩のアソコが見たいです」

虚脱状態から立ち直るなり、圭介がそんなことを言ったものだから、未紗は面喰らった様子だった。

「約束しましたよね。おれの言うことを何でも聞くって」

交換条件を持ち出しつつも、圭介は拒まれるのではないかと危ぶんだ。ところが意外にも、彼女は「わかったわ」とうなずいたのだ。

「見るだけでいいの？」

「え？　いや……な、舐めたいです」

「そう。ちょっと待ってて」

未紗が立ちあがり、デニムのミニスカートをウエストまでたくし上げる。中に穿いていたのは、白いパンティであった。それも躊躇なく美脚をすべらせ、汚さないように注意深く爪先からはずす。

脱いだものをバッグにしまうと、彼女はベンチに寝転がった。仰向けで両膝を抱え、おしめを替えられる赤ん坊のように、無防備なポーズを取る。

「さ、どうぞ」

そこまで開けっ広げにされると、かえって戸惑ってしまう。だからと言って遠慮するほど愚かではなく、圭介はあられもなく晒された秘め園に顔を近づけた。

残念ながら、そこを観察するには、明かりが決定的に不足していた。

目を寄せると、頭が影を落としてよく見えない。離れると陰毛の影が濃く、やはりかたちを摑みづらかった。

これはクンニリングスだけで我慢するしかないかと思ったとき、ふと気がつく。

（あれ、匂いがしないぞ？）

まったくの無臭ではない。展望台に上がる前にトイレを使ったから、ほんのりと残り香があった。ラブホテルのバスルームで、未紗がオシッコをしたときに嗅いだのと同じものだ。

しかし、それ以外となると、蒸れた乳酪臭がかすかにするのみ。あられもないパフュームを期待していたものだから、正直もの足りなかった。

「見える？」

未紗の声にドキッとする。少しも恥ずかしそうではないから、暗くてほとんど見えまいと察していたようだ。

「いえ、そんなには」

正直に答えると、視界の両側から指が入った。叢《くさむら》をかき分け、ぷっくりした大陰唇を大きくくつろげる。

「はい、どうぞ」

大胆に暴かれた桃色の粘膜が、細かな光を反射させる。暗がりだからこそ、やけにエロチックな眺めであった。

ふわ――。

ぬるい秘臭がたち昇る。わずかなナマぐささを含んだそれは、露出した蜜穴が放つものなのか。

(これが先輩の……)

吸い込まれるように顔を近づけたところで、ヴィーナスの丘に逆立つ秘毛に、ボディソープの香りを嗅ぎ取る。もしかしたら彼女は、圭介がアパートに着く前に、秘部を洗い清めたのではないか。

(てことは、先輩は最初から、おれにからだを許すつもりで――)

一緒にラブホテルへ入った後輩と再会するのだ。せっかくだから、中途半端に終わったあの日の続きをしようと考えても不思議ではない。そのため、女性のエチケットとして、アソコを綺麗にしておいたのか。

いや、さすがに考えすぎかと思ったとき、

「舐めないの?」

また声をかけられる。早くしてとせがんでいるようにも聞こえたから、圭介はあらわに晒された源泉にくちづけた。

「くぅン」

未紗が仔犬みたいに啼《な》く。開いていた恥割れがキュッとすぼまった。

舌を粘膜地帯に差し入れると、ほんのり塩気がある。オシッコの名残か、それとも愛液の味なのか。どちらにせよ、貴重なエッセンスだ。

ベンチから浮きあがったヒップを両手で支え、圭介は秘苑をねぶった。

「あ、ああッ」

なまめかしい声が、夜の静寂を破る。感じていると知って嬉しくなり、舌を派手に躍らせる。

「くうう、き、気持ちいいっ」

女らしい腰回りが、電撃でも喰らったみたいにはずむ。かなり感度がいいようだ。

だからこそ、クンニリングスを拒まなかったのだろう。秘部を清めたのも、舐められたいという期待の表れだったのではないか。

ならば、願いを叶えるのが男の務め。誠心誠意奉仕するべく、圭介は敏感な肉芽を探って責め立てた。

「あ、あ、そこぉ」

やはりクリトリスが快いようで、むっちりした太腿が痙攣する。だが、試みに膣へ舌を挿入すると、

「おお、う、ふふふぅ」

と、トーンの低い喘ぎ声が洩れた。より肉体の深いところで感じている様子だ。

滾々《こんこん》と溢れるラブジュースを唾液に混ぜて、ぢゅぢゅッとすする。ほとんど無味無臭でも、圭介には甘露な味わいであった。

「いやぁ、もう」

さすがに濡れていることを暴かれるのは恥ずかしいのか、未紗がよがり声交じりになじる。それでも、二十八歳の女体は、男の口淫奉仕に鋭敏な反応を示した。

（こっちも感じるのかな？）

圭介は舌を恥裂の真下、恥ずかしいすぼまりに這わせた。

「ひッ」

息を吸い込むみたいな声がほとばしり、艶腰がビクンと跳ねる。さらに舐め続けることで、未紗は切なげに身をよじった。

「バカぁ、そ、そこはおしり――」

非難しながらも、抵抗は弱々しい。むしろ、もっとしてほしそうに感じられた。

ヒクヒクと収縮するアヌスを、圭介は執拗にねぶった。尖らせた舌先で、中心をほじるようにして。

「イヤイヤ、く、くすぐったいのぉ」

そればかりではないふうに、喘ぎ声がいっそう色めく。息づかいもせわしなくはずみだした。

「くうう、こ、こんなの初めてぇ」

どうやら未紗は、過去に秘肛を舐められたことはないらしい。つまり、彼女の初めての男になれたのだ。

（ああ、先輩）

こみ上げる愛しさのまま、可憐なツボミを丹念に味わう。柔らかくほぐれたそこに舌を突き立てると、容易にこじ開けられそうだ。

（これならチンポも入るんじゃないか？）

だったらバックバージンをもらいたいと願ったものの、さすがにそこまでは許してくれまい。いや、駄目元で頼んでみようかと思ったとき、

「お、おしりはもういいから、オマンコ吸ってぇ」

あられもないおねだりをされ、アナルセックスは諦めた。そもそも、本当に彼女と結ばれたのかを、まずは確かめねばならないのだ。

アナル刺激が昂りを呼んだのか、ほころんだ恥苑には蜜がたっぷりと溜まっていた。それを音を立ててすすり、蜜穴に舌を突き立てる。

「お――うう、あああっ」

未紗が多彩な声をあげてよがる。秘核も包皮を脱いで突き立ち、舌ではじくと女体がベンチから落っこちそうにくねった。

「それっ、それっ、もっとぉ」

膣でも感じるようながら、舐められるのはクリトリスのほうがいいらしい。圭介は重点的にそこを責め、ついばむように吸いたてた。

「ああ、いいッ、イキそう」

いよいよオルガスムスの端緒を摑んだと見える。それを逃さぬよう、舌を休みなく律動させていると、

「も、ダメ、イッちゃう」

女体がしなり、歓喜のわななきを示した。

「イッちゃう、イッちゃう、あ、あ、イクイクイクぅううううっ！」

絶頂の声を響かせて、未紗は悦びの果てへ昇りつめた。「う、ううっ」と呻き、四肢を感電したみたいに震わせたあと、がっくりと脱力する。

「おっと」

本当にベンチから転がり落ちそうになり、圭介は慌てて彼女を支えた。抱き起こし、

背中を優しく撫でてあげる。

口内射精で果てたあと、ペニスは勢いを失っていた。けれど、クンニリングスをするあいだに復活を遂げ、下腹に突き刺さらんばかりに反り返っていたのである。

（これ、先輩に挿《い》れたい――）

疼きにまみれる分身を持て余していると、そこに柔らかな指が絡みつく。

「あうう」

快美に目がくらみ、圭介は尻をくねらせた。

「すごい……カチカチ」

未紗が悩ましげにつぶやく。舌の奉仕で果てたあと、次はこっちでとばかりに、牡のシンボルを求めていた。

「中野君、わたしとしたい？」

その問いかけは、自身の願望を述べたものだったに違いない。

「はい。したいです」

「うん……わたしも」

未紗がはにかんで告げ、交わる体勢になる。ベンチに腰掛けた圭介の膝を跨ぎ、そそり立つ陽根の真上に腰をそろそろと下ろした。

対面座位で交わるのだと、すぐにわかった。この場では、最良の選択であろう。服を着たままの行為も、いかにも熱情にまみれて求め合っているようで、気分が高まる心持ちがした。

「なんだか、すごくドキドキする」

未紗がつぶやく。正面に艶っぽい美貌があり、圭介も妙に照れくさかった。

逆手に握った強ばりを、彼女が自らの苑へと導く。破裂しそうにふくらんだ亀頭を濡れ割れにこすりつけ、しっかりと潤滑した。

「挿れちゃうよ」

「はい」

短いやりとりのあと、女体がすっと沈んだ。

にゅるん――。

屹立があっ気ないほど簡単に呑み込まれる。股間にヒップの柔らかさと重みを感じ、結ばれたのだと悟る。

「はうう」

未紗がのけ反り、串刺しになったみたいに身を固くした。実際、そういう心境だったのかもしれない。

「あん、おっきい」

泣きそうに声を震わせ、圭介の首っ玉にしがみついた。

(おれ、先輩とセックスしてる)

入った瞬間は、抵抗などほとんどなかった。今は濡れ柔らかなもので、ぴっちりと包み込まれている。

未紗は、もう一度すればわかると言った。だが、味わっている締めつけ具合や内部の感触が、何らかの記憶を呼び覚ますことはなかった。

では、これを味わうのは初めてなのか。

もっとも、他に体験した三人の女性たち、奈央や知佳子、初美の蜜窟とどう異なるのかと問われても、きちんと説明できない。ぼんやりと違う気がする程度のものだ。仮に目隠しをして彼女たちと交わり、誰なのか当ててろと言われたって、不可能に決まっている。

「どう、わかった?」

気怠げな声で問いかけられ、ハッとする。未紗が濡れた目で見つめていた。

「いえ……わかりません」

正直に答えると、彼女がうなずいた。

「でしょうね。だって、わたしもわからないもの」

苦笑いを浮かべて言われ、圭介は混乱した。

「え、どういうことなんですか？」

「わたしもあのときの記憶がないの。憶えてるのは酔っ払う前と、ホテルで目を覚ましたあと」

思いもよらない事実に驚く。それでは、圭介とまったく同じではないか。

「じゃあ、先輩はおれと――」

「どうなのかしらね。中野君としちゃったのかもしれないし、してなかったのかもしれないわ」

「だ、だけど、起きたあとでわからなかったんですか？　その、何かがアソコに入った感じがあったとか」

「そこまではわからないわよ。そりゃ、パンツのアソコに中野君の精液がべっとりついてたけど、中に出したやつなのか、挿れる前に外に出したものかなんて、区別がつかないわ」

あのとき、未紗がパンティを洗ったのは、クロッチにザーメンがこびりついていたためだったのか。

「でも、先輩はおれに、素敵だったわみたいなことを言いましたよ」

「それはあれよ、照れ隠し。だって、何も憶えていないとは言えないじゃない」

あのとき何食わぬ顔をしながら、彼女もこちらの反応を探っていたらしい。本当に、後輩と最後までしたのだろうかと。

「それで、もう一回したらわかるかもと思ったんだけど、あの日はできなかったし」

「すみません……」

「中野君のせいじゃないわ。悪いのは、あんなところに引っ張り込んだわたしだもの」

しかし、ふたりとも酔っていたのだ。どちらが誘ったのかなんて、今となっては知る由もない。

「だから、中野君にまた会えるってわかって、実際のところどうだったのか、確認したかったの。なのに、中野君まで忘れてるっていうから、これは実際にやってみるしかないなって」

もう一度すればわかるというのは、未紗自身の思いでもあったようだ。

「じゃあ、最初からおれと、こういうことをするつもりでいたんですか?」

「あくまでも最終手段よ。そもそも、中野君がちゃんと憶えていれば、ここまでする必要はなかったわけじゃない」

「それは、まあ……」

「あ、でも、仮に中野君が憶えていたとしても、もうお別れだからって、結局はこういうことになったかもね」

やはり彼女は、最初からからだを許す心づもりでいたようだ。

ペニスにまといつく媚肉が、甘えるように蠢く。ふたりとも記憶をなくしていたなんて笑い話にもならないが、そのおかげで、こうして深く結ばれたのである。

「おれ、あのときも、先輩とセックスしたんだと思います」

告げると、未紗が怪訝な面持ちを見せる。

「え、どうして？」

「根拠はないけど、そんな気がします」

きっぱりと告げ、彼女の中で分身を雄々しく脈打たせる。

「あん」

未紗が身を震わせて喘いだ。

「うん……わたしもそう思う」

端正な面立ちが、目の前に迫る。瞼が閉じられた直後、ふたりの唇が重なった。

くちづけを交わし、ギュッと抱き合う。互いの鼓動を感じ、繋げた下半身をくねらせた。

「ふは——あ、あん」

くちづけをほどき、未紗が腰を回す。その動きではもの足りなくなったか、ヒップを上下にはずませた。

「ああ、ふ、深いぃ」

男根を奥まで受け入れてよがる。面差しがいやらしく蕩けてきた。

この体位では圭介は動けず、彼女にすべてを任せるしかなかった。それでも、せめてもの手助けにと、ぷりぷりした臀部に両手を添える。持ち上げては下ろし、上げ下げする負担を多少なりとも軽くした。

「くうう、い、いいのぉ」

クンニリングスで絶頂した直後であり、高まりやすかったのではないか。未紗は時間をかけることなく、愉悦の高みへと舞いあがった。

「イヤッ、またイッちゃう」

上半身をガクンガクンと前後に揺らす。けれど、どうやら浅いオルガスムスだったらしい。まだし足りないとばかりに、逆ピストンを継続した。

ぢゅ……ぢゅぴッ。

こすれ合う性器が、卑猥な粘つきを立てる。それも男女の情感を高め、いっそう激しく快楽を求め合った。

「あん、中野君のオチンチン、すごくいい」

ヒップをせわしなく振り立てながら、未紗が息づかいを荒くする。温かくてかぐわしい風が、圭介の顔にふわっとかかった。

「おれもです。先輩の中、トロトロで柔らかくって、なのに締めつけてくれるから、たまんないです」

「よかった……ね、このまま中に出していいからね」

「え、いいんですか」

「下のおクチでも、中野君の精液を飲みたいの」

淫らすぎる台詞に、脳が沸騰するかと思った。

「わかりました。たくさん出します」

「うれしい……ね、チュウして」

唇を求め、上も下も深く交わる。

からだが熱い。服を着ているから、ふたりとも汗ばんでいた。甘酸っぱい香りに包まれ、愛欲の営みに耽溺《たんでき》する。

「ぷはっ」

息が続かなくなったか、未紗が唇をはずす。大きく息をつき、目をトロンとさせた。

「わ、わたし、またイッちゃうかも」

「おれも、もうすぐです」

「だったら、いっしょに――」

「はい」

「あ、あああっ、すごいの来るぅ」

彼女があられもなく乱れ、嬌声を広場に響かせる。下の駐車場にまで届くのではないかと気になったが、どうでもいいと思い直した。

(ここにいるのは、おれと先輩だけなんだ)

夜空の下にいるせいか、世界にふたりだけの気分にひたる。恐れるものはなかった。

「ね、イクの。わたしイクの」

「うん。お、おれも」

「ああ、ああ、イク、イクっ、くううううううっ！」

ビクッ、ビクッと歓喜の痙攣を示す女体を、圭介はしっかりと抱きしめた。自らもめくるめく瞬間を捉え、熱情の証《あか》しを勢いよく解き放つ。

びゅるんっ――。

熱い滾《たぎ》りがペニスの中心を駆け抜ける。続いて二陣、三陣が、膣奥ではじけた。最高の快感に、身も心も蕩けるようだ。

「あ、ああ、中で出てるぅ」

ほとばしりを受け止めて、未紗がうっとりした声を洩らす。剝き身の臀部が幾度も強ばり、女芯がいっそうすぼまった。

(おれ、先輩としたんだ……)

これ以上はない一体感を味わい、ふたりは抱き合ったまま呼吸を重ねた。甘美な気怠さと、幸せな気分にひたって。

間もなく、力を失った秘茎が、蜜穴から抜け落ちる。

「あ――」

未紗が焦って身を剝がす。ベンチの下のバッグを探り、ポケットティッシュを取り出した。薄紙を自らの股間に挟み込むと、圭介の濡れたところも清めてくれる。

「とっても気持ちよかったわ。エッチであんなに感じたのって、初めて」

恥じらっての告白に、胸が温かなもので満たされる。だが、急に眠気が襲ってきて、圭介は大きなあくびをした。

「え、眠いの？」

未紗が心配そうな顔を見せる。

「あ、うん……いや、だいじょうぶです」

「ダメよ。ちゃんと休まなくちゃ」

足首まで落ちていたズボンとブリーフが引っ張り上げられる。甲斐甲斐しく穿かされるあいだにも、圭介は瞼が重くなってきた。

未紗はパンティを穿かずにスカートだけ整えると、ベンチの端に腰掛けた。

「ほら、頭をここに載せて」

太腿をポンポンと叩いて命じる。膝枕で寝かせてくれるらしい。本当に眠くなってきたこともあって、圭介はお言葉に甘えることにした。

「すみません。じゃあ、ちょっとだけ」

身を横たえると、髪や頬を優しく撫でられる。気持ちよくて、どこか懐かしい気分にもひたった。幼い頃、母親に寝かしつけられたときの記憶が、深層意識から掘り出されたのだろうか。

「二回も出して疲れただろうし、すぐに出発するのは無理でしょ。少し眠りなさい」

「はい……」

むっちりした太腿を枕にして、圭介は瞼を閉じた。オルガスムスの余韻と、快い疲労が睡魔を呼び込む。

それから二時間ほど、彼は夢を見ることもなく眠った。

4

「先輩、疲れてませんか?」

サービスエリアを出てすぐに、圭介は未紗に訊ねた。

「平気よ。どうして?」

「いや、おれだけ眠っちゃって、先輩はずっと起きてたわけですし」

「中野君と違って運転してないし、心配しなくてもだいじょうぶよ」

「それならいいんですけど」

「星空と、中野君の寝顔を見ていたら、全然退屈しなかったわ」

悪戯《いたずら》っぽい笑みを浮かべられ、頬が熱くなる。

ハンドルを握りながらも、彼女が気になって仕方がない。心配してというよりも、さっきの濃密なひとときを思い返し、新たな劣情がこみ上げてきたからだ。ミニスカートからはみ出した太腿にも、目を奪われそうになる。

（まったく、おれってやつは……）

余所見をして事故を起こし、先輩を巻き込んだらどうするのか。自らを戒《いまし》め、圭介は運転に集中した。

そのうち、未紗は背もたれにからだをあずけ、眠ってしまった。起こさないようスピードを一定に保ち、圭介は安全運転を心がけた。

未紗の故郷である県に入ったころ、空が白《しら》み始める。それを察したかのように、彼女が目を覚ました。

「あ、もうすぐなのね」

目の前に広がる景色を、じっと見つめる。懐かしさばかりでもない、複雑な思いがあるように感じられた。

（本当は、東京で暮らしたいんじゃないのかな……）

だったら、自分がなんとかしてあげたい。その方法はただひとつ、彼女と結婚することだ。

今回、からだを許してくれたのは、憎からず想ってくれているからであろう。プロポーズをすれば、受け入れてくれるのではないか。

いや、案外、それを待っているのかもしれない。

(先輩は、おれの初めてのひとなんだから)

間違いなくそうなのだと確信し、圭介は胸から溢れるものを言葉にしようとした。

そのとき、

「わたし、結婚するの」

未紗が唐突に告白する。

「え？　わっ！」

驚きのあまり、路肩へはみ出しそうになる。すぐにハンドルを戻して、どうにか事なきを得た。

「ちょっと、だいじょうぶ？」

「ええ……すみません。いきなりでびっくりしたから」

その感想は正しくなかった。正直に言えばショックであり、訳がわからなかったし、裏切られた気分にもなっていた。

そして、どうしようもなく悲しみがこみ上げる。

「だけど、東京でいいひとに巡り会えなかったって」

「結婚相手は、ウチの田舎のひとだもの」

「え、昔の同級生とか？」

「ううん。お見合いをしたの」

予想もしなかった返答に、言葉を失う。

「先方がわざわざ東京まで来たから、仕方なく会うことにしたのよ。まあ、いいひとそうだったし、わたしのことも、たぶん大切にしてくれると思うわ」

「たぶんって……」

「それに、父さんも母さんもいい年だから、元気にしてるかとか気になってたし、それに、わたしが近くにいれば、ふたりも安心できるでしょ」

未紗の目は、圭介に向けられていなかった。フロントガラス越しに見える、ふるさとに向かって語りかけているようであった。

「……ご結婚、おめでとうございます」

心にもない祝福を、どうにか絞り出す。危うく泣いてしまうところであった。

「ありがと」

彼女のお礼も、本心ではないように思える。だからと言って、帰郷や結婚を中止するつもりのないことは、次のやりとりでわかった。

「でも、よかったわ」

「え？」

「最後に、いい想い出ができて」

未紗がこちらを向く。目を潤ませ、白い歯をこぼした。

「中野君に見送ってもらえて、わたし、とっても幸せよ」

圭介は堪えきれずに、顔を前方に向けた。運転に集中しなければいけないし、いよいよ涙がこぼれそうだったからだ。

「あ、そうだ。先輩に返さなくちゃいけないものがあるんです」

思い出して、彼女に告げる。話題を変えて、落ち込んだ気持ちを悟られまいとしたのである。

「え、なに？」

「グローブボックスの中に紙袋があります」

未紗がすぐ前の蓋を開ける。紙袋を取り出し、中を確認した。

「え、これって？」

「先輩に、乾いたら返してって言われたやつです。本当は卒業式に返すつもりだったんですけど、忘れちゃって」

それは、例の赤いパンティであった。

返すためというよりも、あの日のことを話題にするのに使えるかもと持参したのである。そっちでは必要なかったが、これから人妻になる彼女のものを、自分が持っているわけにはいかない。

「ふうん……ずっと持っててくれたんだね」

未紗の言葉が、どこか意味ありげだったものだから、圭介はドキッとした。オナニーのオカズにしたのを、見抜かれたのかと思ったのだ。

すると、彼女が腰を浮かせる。ミニスカートをたくし上げ、白いパンティをあらわにした。セックスをするのに脱いだけれど、展望台を下りる前に、ちゃんと身なりを整えたのである。

下穿きを素早く脱ぎおろすのを視界の端に捉え、圭介は狼狽した。

（え、まさか――）

最後に名残を惜しむため、もう一度交わろうというのか。

しかし、そうではなかった。未紗は赤いパンティを穿いてスカートをおろすと、脱いだものは丁寧に畳み、紙袋にしまった。

「これは返さなくてもいいわ」

紙袋をグローブボックスに入れ、蓋をパタンと閉じる。

「わたしだと思って、大事にしてね」

もはや限界だった。涙の雫がポロリとこぼれ、頬を伝う。

(先輩は、おれの気持ちに気づいてたんだな)

だからこそのプレゼントなのだ。

ふたりは言葉を交わすことなく、次第に明るくなる前方の空を眺めた――。


早朝の到着だったにもかかわらず、未紗の実家では両親が出迎えてくれた。

荷物をすべて下ろすと、少し休んでいったらどうかとか、朝食を食べていきなさいなどと誘われる。しかし、丁寧に断った。これから帰って、まだ仕事があるからと。

未紗は最後に「ありがとう」と言い、走り出したトラックに手を振ってくれた。

サイドミラーで見た先輩の笑顔を、きっと一生忘れない。なぜなら、彼女は圭介の初めてのひとなのだ。

高速に乗り、ここならもう大丈夫だと、張り詰めていた気を緩ませる。

圭介は号泣した。溢れる涙を拭いながら、運転席に悲しみの咆哮《ほうこう》を響かせた。大の男が情けないとわかりつつ、どうしようもなかったのだ。

こんなに長く泣いたのは、生まれて初めてだった。存分に感情を解き放ったおかげか、涙が涸《か》れる頃には気持ちがだいぶすっきりした。

尿意を催して、手近のパーキングエリアに入る。用を足し、トラックに戻ってから、未紗にもらったおにぎりを食べた。美味しくて、この上なく幸せな気分にひたる。

ふたつとも食べるのはもったいないから、ひとつで我慢する。そのとき、ふと思い出して、グローブボックスから紙袋を取り出した。

未紗が穿いていた純白パンティ。展望台では暗くてよくわからなかったが、ヒップのところが全面レースになった、エレガントなものだ。

裏返して、クロッチをそっと嗅ぐ。やはり彼女は、圭介と会う前に秘部を清め、下着も穿き替えたのではないか。性器と同じく、そこは控え目で清らかな匂いしかしなかった。

それでも、大切なひとの残り香だ。圭介はたちまち勃起した。

しかしながら、劣情を催すほどではない。彼女とは、ほんの一時間も前に別れたばかりなのである。

パンティをきちんと畳み、紙袋に戻す。出発しようとスターターボタンに指をかけたとき、スマホにメッセージの着信があった。

奈央からだった。

《こんな早くにごめんなさい。就職の内定をもらいました。昨日わかったんですけど、朝までバイトがあって連絡できなかったんです》

どうやら夜勤明けで、ようやくメッセージが送れたらしい。圭介はすぐさま《よかったね。おめでとう》と返信した。

すると、彼女から返事がある。

《ありがとうございます。今度お祝いしてくださいね。できればふたりっきりで》

そこには、頬を赤らめた女の子のスタンプが添えられていた。

(可愛いな)

精一杯の想いを受け取り、頬が緩む。これから新しい恋が始まるに違いない。

《もちろんお祝いするよ。おれも仕事で外に出てるから、帰ったら連絡するね》

メッセージを送り、エンジンを始動させる。

(おれも帰ろう――)

圭介は胸をふくらませ、一路東京へ向かった。

(了)

＊本作品はフィクションです。作品内の人名、地名、団体名等は実在のものとは関係ありません。

長編小説

いろめき引越《ひっこ》し便《びん》

橘《たちばな》 真児《しんじ》

2021年10月25日　初版第一刷発行

ブックデザイン……………………　橋元浩明(sowhat.Inc.)

発行人…………………………………………後藤明信

発行所…………………………………株式会社竹書房

〒102-0075　東京都千代田区三番町８－１

三番町東急ビル６Ｆ

email：info@takeshobo.co.jp

http://www.takeshobo.co.jp

印刷・製本………………………中央精版印刷株式会社

■定価はカバーに表示してあります。

■本書掲載の写真、イラスト、記事の無断転載を禁じます。

■落丁・乱丁があった場合は、furyo@takeshobo.co.jp までメールにてお問い合わせ下さい。

■本書は品質保持のため、予告なく変更や訂正を加える場合があります。
